菜緒のふしぎ物語

竹内 もと代＝文
こみね ゆら＝絵

アリス館

もくじ

1. やしきぼうず

電車《でんしゃ》の窓《まど》にのり出《だ》して、菜緒《なお》は声《こえ》をあげた。

「うわぁー」

長《なが》いトンネルをぬけたら、さとうがしのような山脈《さんみゃく》が遠《とお》くに見《み》えてきた。まっ白《しろ》にかがやく山《やま》が、青《あお》い空《そら》にくっきりとそびえている。北国《きたぐに》の山《やま》やまには、まだ雪《ゆき》がたくさんのこっていた。

おじいちゃんがむかえにきてくれる駅《えき》まで、特急電車《とっきゅうでんしゃ》で三時間半《じかんはん》。電車《でんしゃ》がうごき出《だ》したときから、菜緒《なお》は両手《りょうて》をにぎりしめて、ひざの上《うえ》においていた。はじめての一人旅《ひとりたび》だった。車《しゃ》しょうさんが通《とお》るたびに、きっぷが気《き》になったし、となりのざせきのおじさんが、「ごほん」とせきをするたびに、にぎりこぶしはもっとかたくなった。

でも、まっ白《しろ》な山《やま》が見《み》えはじめたら、こぶしはいつのまにかほどけてきて、菜緒《なお》は外《そと》のけしきに見入《みい》っていた。

三日前《かまえ》、おじいちゃんから父《とう》さんに、電話《でんわ》がかかってきた。

「家《いえ》を、たてかえることにした。三月末《がつまつ》から、とりこわしにかかるぞ。大雪《おおゆき》のたびに、屋根《やね》の茅《かや》がずれやしないか、雪《ゆき》といっしょに屋根《やね》までおちやしないかと、気《き》をもむのはもうたくさんだ」

おじいちゃんは、「相談《そうだん》じゃない。きめたんだ」といったらしい。電話《でんわ》を切《き》った父《とう》さんは、

「とうとう、たてかえるのかぁ」

と、うなった。

おじいちゃんの家《いえ》は、日本海《にほんかい》の湾《わん》にうかぶ小《ちい》さい島《しま》にある。父《とう》さんが生《う》

まれて育《そだ》った家《いえ》だ。高《たか》くとがったかやぶき屋根《やね》や、格子戸《こうしど》に虫籠窓《むしこまど》、連子窓《れんじまど》やちがい棚《だな》、ほかにもめずらしいものがたくさん残《のこ》っている。ひろびろとした大《おお》きい家《いえ》で、百五十年以上《ねんいじょう》も前《まえ》にたてられたらしい。いまは、おじいちゃんとおばあちゃんと、さよばあちゃんが住《す》んでいる。おじいちゃんとおばあちゃんは、菜緒《なお》の父《とう》さんの両親《りょうしん》だ。さよばあちゃんは、おじいちゃんのお母《かあ》さんで、菜緒《なお》の大《だい》すきなひいおばあちゃんだった。

「とりこわされる前《まえ》に、もう一度《いちど》あの家《いえ》を見《み》ておけると、いいんだがなぁ」

いいながら、父《とう》さんはソファーにもどってきた。おじいちゃんの家《いえ》へいく相談《そうだん》なら、菜緒《なお》は大《だい》かんげいだ。はずみをつけて、父《とう》さんのそばへとんでいった。

でも、父《とう》さんと母《かあ》さんは仕事《しごと》がいそがしかった。つごうがいいのは菜緒《なお》だけだった。三月七日《がつかか》の月曜日《げつようび》が学校《がっこう》の創立記念日《そうりつきねんび》で、今週《こんしゅう》の土日《どにち》から三連休《れんきゅう》になっていたのだ。

「菜緒《なお》、一人《ひとり》でいってこいよ」

「そうよ、菜緒《なお》。いってらっしゃい」

「一人《ひとり》？　わたしだけでいくの？」

菜緒《なお》は首《くび》をすくめて、父《とう》さんと母《かあ》さんをかわるがわる見《み》た。おじいちゃんの家《いえ》へは、お盆《ぼん》とお正月《しょうがつ》に毎年《まいとし》いくけれど、そのときは父《とう》さんたちといっしょだった。一人《ひとり》でいったことは一度《いちど》もない。

「菜緒《なお》にまかせるんだ。いって、ぼくらの分《ぶん》もしっかりと見《み》てきてくれよ」

父《とう》さんに「たのむな」といわれて、菜緒《なお》は思《おも》わずこっくりとうなずいた。

そして土曜日《どようび》。父《とう》さんと母《かあ》さんに見送《みおく》られて、菜緒《なお》は昼《ひる》すぎの特急電車《とっきゅうでんしゃ》にのったのだ。

「よくきたなぁ、菜緒《なお》ちゃん」

おじいちゃんは、駅《えき》のホームで待《ま》っていてくれた。駅前広場《えきまえひろば》に、おじいちゃんの車《くるま》がとまっていて、すぐにいっしょにのりこんだ。

「菜緒《なお》ちゃんが一人《ひとり》でくるというんで、さよばあちゃんもおばあちゃんも、朝《あさ》からそわそわ、うろうろ、しっぱなしだぞ」

シートベルトをしめながら、おじいちゃんは、はればれした声《こえ》でいった。

駅《えき》からおじいちゃんの家《いえ》までは、車《くるま》で二十分《ぷん》かかる。島《しま》へいくには、海《うみ》にかかっている大《おお》きな橋《はし》をわたる。

「この時期《じき》にはめずらしく、海《うみ》がないでおる」

おじいちゃんは、橋《はし》のとちゅうで車《くるま》のスピードをゆるめた。空《そら》の夕《ゆう》やけ色《いろ》をうつして、海《うみ》は湖《みずうみ》のようにしずかだった。

橋《はし》をわたり終《お》えたら、あたりがきゅうにくらくなった。島《しま》の山間《やまあい》の道《みち》に入《はい》ったのだ。おじいちゃんが車《くるま》のライトをつけた。両側《りょうがわ》は、葉《は》っぱのない木《き》が、枝《えだ》をひろげてかさなりあっている。とちゅうで対向車《たいこうしゃ》に二台《だい》すれちがっただけで、おじいちゃんの村《むら》が見《み》えてきた。

村《むら》の家《いえ》のほとんどは、バス道《みち》にそってたっている。おじいちゃんの家《いえ》は、海岸《かいがん》ぞいのバス道《みち》からそれた家《いえ》なみの一番《いちばん》おくにあった。高《たか》いかやぶき屋根《やね》が、まわりの屋根《やね》からとびぬけていて、遠《とお》くからでもよく見《み》えた。

車《くるま》がせまいわき道《みち》に入《はい》っていく。まもなく門《もん》をとおりぬけて、農作業用《のうさぎょうよう》の納屋《なや》の前《まえ》でとまった。

「おじいちゃん、ありがとう」

菜緒《なお》は車《くるま》からおりて、家《いえ》へむかって走《はし》った。庭《にわ》に、けむりくさいにおいがただよっている。きっと、おふろをたいたのだ。おじいちゃんの家《いえ》のおふろは、いまでも薪《まき》でたいている。

「うーんしょ」

と、ふんばって、菜緒《なお》は引《ひ》き戸《ど》を横《よこ》におした。玄関《げんかん》の引《ひ》き戸《ど》は、一回《いっかい》で開《ひら》ききったことがない。三十センチほど開《ひら》いて、かならず、がくんととまってしまう。

「えぇい」

と、もっと力《ちから》を入《い》れると、しぶしぶおされてやっと大《おお》きく入口《いりぐち》を開《ひら》いた。

ひろい土間《どま》が見《み》えた。

「菜緒《なお》や」

「よぉく、一人《ひとり》でこられたねぇ」

玄関《げんかん》の上《あ》がり口《くち》で、おばあちゃんとさよばあちゃんが、菜緒《なお》を待《ま》っていた。

「こんにちは。さよばあちゃん、おばあちゃん」

菜緒《なお》の声《こえ》が、家《いえ》じゅうにひびきわたった。さよばあちゃんの顔《かお》がほころんで、目《め》が糸《いと》のようにほそくなった。ほんのり赤《あか》いまるいほっぺたに、菜《な》緒《お》とそっくりのえくぼがうかぶ。

「おや、まあ」

と、土間《どま》の梁《はり》を見上《みあ》げ、

「元気《げんき》な菜緒《なお》がきて、家《いえ》までよろこんでいるようじゃないか」

黒光《くろびか》りしているろうかをふりかえった。菜緒《なお》も梁《はり》を見上《みあ》げて、からだをかしげておくをのぞく。かれ草《くさ》のようなにおいがおしよせてきた。

「おじいちゃんちの、においがする」

大《だい》すきなにおいだった。むねいっぱいにすいこんだ菜緒《なお》に、

「ほらほら、はやくお上《あ》がりよ」

「おなかがすいたろ、菜緒《なお》や」

おばあちゃんとさよばあちゃんが、いっしょに両手《りょうて》をさし出《だ》した。

「うん。おなか、ぺっこぺこ」

菜緒《なお》が上《あ》がり口《くち》に立《た》ったとき、

「今夜《こんや》は、ひえそうだぞ」

おじいちゃんが、菜緒《なお》のリュックサックをかかえて、玄関《げんかん》の土間《どま》に入《はい》ってきた。

夕《ゆう》ごはんを食《た》べ終《お》わるころから、外《そと》は風《かぜ》が強《つよ》くなってきた。

おふろから上《あ》がった菜緒《なお》とさよばあちゃんは、ストーブの前《まえ》で、「くしゅん」といっしょにくしゃみをした。おじいちゃんとおばあちゃんが、

「ほらほら、またいっしょだ」

と、顔《かお》を見《み》あわせる。さよばあちゃんは、

「菜緒《なお》とわたしは、気《き》があうねぇ」

と、首《くび》をすくめる。

菜緒《なお》とさよばあちゃんは、あくびやしゃっくりも、よくいっしょに出《で》た。ほんのかすかな物音《ものおと》やにおいにも、みんなより先《さき》に二人《ふたり》で気《き》がついたし、大《だい》すきな食《た》べものも、そろって卵《たまご》やきとすいかだった。さよばあちゃんの

名前《なまえ》は「紗世《さよ》」。誕生日《たんじょうび》も菜緒《なお》と同《おな》じ二月生《がつう》まれで、この前《まえ》、一週間《しゅうかん》ちがいで九歳《さい》と八十八歳《さい》になったばかりだ。こがらなさよばあちゃんと、もうすぐ四年生《ねんせい》になる菜緒《なお》は、身長《しんちょう》や体重《たいじゅう》まで同《おな》じぐらいに見《み》えた。

おばあちゃんが、湯《ゆ》たんぽを二つかかえて立《た》ち上《あ》がった。さよばあちゃんと菜緒《なお》の湯《ゆ》たんぽだ。

「からだが冷《ひ》えないうちに、おふとんにお入《はい》りよ」

と、菜緒《なお》のかたをとんとんとたたく。

「三月《がつ》といっても、まだまだ寒《さむ》いんだからね」

いいながらおばあちゃんは、台所《だいどころ》を出《で》ていく。綿入《わたい》れのはんてんを着《き》て、菜緒《なお》とさよばあちゃんもついていく。

菜緒《なお》は、はなれのさよばあちゃんの部屋《へや》で、いつもさよばあちゃんといっしょに、ねることにきめている。ふとんに入《はい》ってからきかせてもらう、さよばあちゃんの話《はなし》が大《だい》すきだからだ。さよばあちゃんは、おじいちゃんの家《いえ》や村《むら》のことを、だれよりもくわしく知《し》っていて、菜緒《なお》が小《ちい》さいときから、いろいろな話《はなし》をしてくれた。

どれもふしぎな話《はなし》ばかりで、菜緒《なお》は一度《いちど》だけ学校《がっこう》で、クラスの友《とも》だちに話《はな》したことがある。みんなはおもしろがってきいていたけれど、菜緒《なお》が最《さい》後《ご》に、

「全部《ぜんぶ》ほんとうのことなんだよ」

と、いったら、

「だめだよぉ。お話《はなし》と現実《げんじつ》はちがうんだからさ」

「菜緒《なお》ちゃんてば、この前《まえ》も、雲《くも》だっけ風《かぜ》だっけ、追《お》っかけてたよねぇ」

「あぶないなぁ。気《き》をつけなよ、菜緒《なお》ちゃん」

と、みんなで心配《しんぱい》そうな顔《かお》をした。菜緒《なお》はがっかりして、その日《ひ》の夜《よる》、父《とう》さんにたしかめた。

「さよばあちゃんの話《はなし》、父《とう》さんも知《し》ってる？」

「知《し》ってるとも」

父《とう》さんはすぐにうなずいて、

「子《こ》どものころに、よくきかせてもらったからな。ふしぎな場所《ばしょ》にも、さよばあちゃんと二人《ふたり》でいったことがあるよ」

と、話《はな》してくれた。けれど、

「だったら、さよばあちゃんの話《はなし》は、みーんなほんとのことだよね」

菜緒《なお》が念《ねん》をおしたら、

「それは、菜緒《なお》が自分《じぶん》でたしかめなよ」

と、どっちかわからない返事《へんじ》だった。


台所《だいどころ》を出《で》て、板敷《いたじ》きのせまい部屋《へや》をぬける。こたつのある居間《いま》を横切《よこぎ》って、ふすまをあけると、お仏《ぶつ》だんをおいてあるひろいざしきだ。

菜緒《なお》はお仏《ぶつ》だんの前《まえ》で立《た》ちどまって、おくざしきとのさかいのらんまを、そっと見上《みあ》げた。木彫《きぼ》りでできた松《まつ》の木《き》や梅《うめ》の木《き》が、ほんもののように枝《えだ》をはっている。梅《うめ》の木《き》にとまっているうぐいすは、いまにも鳴《な》き声《ごえ》をあげそうに見《み》えた。

首《くび》をすくめて菜緒《なお》は、おばあちゃんとさよばあちゃんを追《お》いかけた。ざしきから縁側《えんがわ》のろうかに出《で》て、はなれのわたりろうかへむかう。わたりろうかのまどには、カーテンがついていない。門灯《もんとう》の明《あ》かりで、げんかん近《ちか》くの庭《にわ》が、白《しろ》っぽくうき上《あ》がって見《み》える。

びょおぉぉぉ

外《そと》からふるえるような音《おと》がきこえた。

「風《かぜ》の音《おと》だよね、さよばあちゃん」

菜緒《なお》は、はんてんの両《りょう》そでではっぺたをかくした。今年《ことし》のお正月《しょうがつ》に、おばあちゃんが菜緒《なお》につくってくれたはんてんだ。ふかふかしていて、とてもあたたかい。

「ああ、そうだとも。だが、ま冬《ふゆ》の風《かぜ》とは音《おと》がちがう。あの音《おと》はもう、冬《ふゆ》の名残《なご》りの音《おと》だよ。そのうち、はねっかえりの春風《はるかぜ》がそうぞうしくふきたてて、家《いえ》じゅうの戸《と》を、がたがたゆするようになるだろうよ」

さよばあちゃんは、ちょっとふりかえってわらった。

わたりろうかの床《ゆか》が、おばあちゃんの足《あし》もとで、ギッシギッシときしんだ。同《おな》じ場所《ばしょ》でさよばあちゃんの足《あし》もとからも、ギシシときしむ音《おと》がした。菜緒《なお》が通《とお》ったら、やっぱりギシシときしんだ。

びょおおおお

びょびょおおお

ふとんに入《はい》ってからも、風《かぜ》の音《おと》はつづいた。菜緒《なお》はふとんにもぐりこんだ。なんだか風《かぜ》の音《おと》が、人《ひと》の声《こえ》にきこえてくる。

「さよばあちゃん」

そっとよんでみた。

「どうしたんだい、菜緒《なお》や」

「だれかが、うなってる声《こえ》みたいにきこえるよ」

いいながら、菜緒《なお》はもっとふかくもぐりこんだ。

「ああ、まったくほんとにそうだね」

かえってきた声《こえ》が、とちゅうからくぐもった。さよばあちゃんも、ふとんにもぐりこんだらしい。

「さよばあちゃん」

菜緒《なお》は不安《ふあん》になった。

「しい、菜緒《なお》。どうやら、しずかにするほうがよさそうだ」

くぐもった声《こえ》のままで、さよばあちゃんはいった。

ずっすん

大《おお》きい音《おと》がして、床《ゆか》と障子《しょうじ》がふるえた。

「なんの音《おと》？」

「しゃべっちゃだめだよ」

さよばあちゃんの声《こえ》は、しんけんだった。

ずっすん
ずず　ずっすん

母屋《おもや》のほうからきこえる。音《おと》がするたびに、はなれまでずずんとゆれる。

菜緒《なお》は耳《みみ》をすました。一回《いっかい》ごとに、ちがう場所《ばしょ》から音《おと》がきこえるようだ。台所《だいどころ》から居間《いま》へ、居間《いま》からざしき、ざしきからおくざしきへ、うらの縁側《えんがわ》へ出《で》てまた台所《だいどころ》へ、じゅんばんに移動《いどう》している。なにかがものすごい大《おお》またで、母屋《おもや》を歩《ある》きまわっているような音《おと》だった。ぶるんとからだがふるえた。

ずっすん

大《おお》きいものは、はなれにもやってきた。ねころんだままではねあがりそうなぐらい、はなれがゆれた。菜緒《なお》はふとんにくるまって、息《いき》をころした。

ずず　ずっすん

はなれをふたまたぎでひきかえして、また母屋《おもや》へもどっていく。

やがてあたりがしーんとした。

「さよばあちゃん、なにかが歩《ある》いていたよね」

菜緒《なお》はばくばくするむねを、両手《りょうて》でおさえた。

「ああ、歩《ある》いていた。わすれたのかい、菜緒《なお》。気《き》に入《い》った古《ふる》い家《いえ》にすみつく、やしきぼうずのこと。いまのがその、やしきぼうずだよ」

さよばあちゃんの声《こえ》が、とちゅうからはっきりときこえ出《だ》す。ふとんから顔《かお》を出《だ》したのだ。菜緒《なお》も顔《かお》を出《だ》したら、

「こんなに歩《ある》きまわるなんて、何年《なんねん》ぶりだろうねぇ。めずらしいことがあるもんだ」

さよばあちゃんは、考《かんが》えるように「ふうん」といった。

つぎの日《ひ》の朝《あさ》、菜緒《なお》はまっ先《さき》に台所《だいどころ》へいった。

「おばあちゃん、夕《ゆう》べはびっくりしたねぇ。あんなにゆれるから、わたし、この家《いえ》がつぶれるかと思《おも》ったよ」

おばあちゃんは、みそしるの味見《あじみ》をしながら、

「夕《ゆう》べ、なにかあったかしらね？」

と、首《くび》をかしげた。

「ずっすん、だよ、おばあちゃん。ほら、やしきぼうずのずっすん」

菜緒《なお》は、ずっすんというたびに、足《あし》でどんと床《ゆか》をふみたたいた。

「ああ、さよばあちゃんの昔話《むかしばなし》のことだったの」

おばあちゃんは、おかしそうにかたをゆすった。となりの居間《いま》で、新聞《しんぶん》をよんでいたおじいちゃんも、菜緒《なお》のほうを見《み》てほっぺたがゆるんでいる。

菜緒《なお》は顔《かお》をしかめた。あの大《おお》さわぎに気《き》がつかないなんて、へんすぎる。

トイレから出《で》てきたさよばあちゃんが、そばへきてそっと首《くび》を横《よこ》にふった。

「ぐっすりねむってたのさ。やしきぼうずの息《いき》がかかると、ねむりこけてしまうっていっただろ」

いわれて菜緒《なお》は、「あ、そうか」と思《おも》い出《だ》した。でも、すぐに、

「さよばあちゃんとわたしは、ねむらなかったよ」

「そりゃそうさ。菜緒《なお》とわたしは、ふとんにもぐってたじゃないか。やしきぼうずの息《いき》が、かからなかったんだよ」

さよばあちゃんは、かたほうの目《め》をつぶって、口《くち》の両《りょう》はしをにっとひき上《あ》げた。

「そっか」

菜緒《なお》は、黒目《くろめ》をくるんとまわした。さよばあちゃんにかたをぶつけて、

「やったね」とささやいた。

その日《ひ》の夜《よる》も、やしきぼうずは歩《ある》きまわった。風《かぜ》も、びょぉぉとふきさわいだ。でも、夕《ゆう》べのようにすぐには、しずかにならなかった。

ずっすん
びょおぉぉ
ずず　ずっすん
びょびょおぉぉぉ

足音《あしおと》とうなり声《ごえ》のような風《かぜ》の音《おと》は、いつまでも母屋《おもや》とはなれをいったりきたりした。はなれは、菜緒《なお》とさよばあちゃんが、じっとねていられないほどゆれつづけた。

「どうしたっていうんだろうね」

たまりかねて、さよばあちゃんがむっくりとおき上《あ》がった。

「どうするの、さよばあちゃん」

菜緒《なお》もつられておき上《あ》がる。

「菜緒《なお》や、毛布《もうふ》を頭《あたま》からかけとくんだよ。目《め》だけ見《み》えるようにしてね。顔《かお》を出《だ》したら、たちまちねむらされてしまうよ」

さよばあちゃんは、頭《あたま》から毛布《もうふ》にくるまって、立《た》ち上《あ》がった。

「ちょっと、ようすを見《み》てこようじゃないの」

ふりむいて菜緒《なお》にうなずくと、毛布《もうふ》をひきずりながら、部屋《へや》を出《で》ていく。あわてて菜緒《なお》もあとを追《お》った。わたりろうかをわたって、母屋《おもや》へいく。まどから、庭《にわ》の飛《と》び石《いし》がぼぅと白《しろ》く見《み》えている。外《そと》は星明《ほしあ》かりがあるらしい。

母屋《おもや》の縁側《えんがわ》のろうかに立《た》つと、

「どうやら、うらのほうにいるようだ」

さよばあちゃんは、おくざしきへ入《はい》っていく。音《おと》もさせずに雪見障子《ゆきみしょうじ》をあけて、うらの縁側《えんがわ》のろうかへ出《で》た。

うらのろうかには、すりガラスの戸《と》の外側《そとがわ》に格子戸《こうしど》がはまっている。二人《ふたり》は、ろうかのはずれのかべぎわに、ならんで立《た》った。格子《こうし》の間《あいだ》から、星明《ほしあ》かりがとどいている。床《ゆか》や柱《はしら》がかすかに見《み》えた。

菜緒《なお》は、こめかみがいたくなるほど、歯《は》をくいしばった。顔《かお》をあげて前《まえ》を見《み》て、毛布《もうふ》をしっかりかきよせた。

いきなり、ろうかの天井《てんじょう》から、まっ黒《くろ》いものが音《おと》もなくのびてきた。そのまま床《ゆか》を通《とお》りぬけて、

ずず　ずっすうぅぅん

これまでで一番大《いちばんおお》きい音《おと》といっしょに、家《いえ》がまたぐらららんとゆれた。菜緒《なお》とさよばあちゃんは、はね上《あ》がってひっくりかえりそうになった。くら

いろうかのまん中《なか》に、もっともっとまっ黒《くろ》いものがつき立《た》っている。目《め》をこらしてよく見《み》ると、両手《りょうて》でかかえることもできないほどの、太《ふと》いふくらはぎのような形《かたち》をしていた。

菜緒《なお》は息《いき》をのんだ。ひざががくがくする。

「やしきぼうずの足《あし》だよ」

さよばあちゃんがささやいた。

「そうだと思《おも》った」

菜緒《なお》はうなずいて、足《あし》をふんばった。

「かた足《あし》しか、見《み》えないね」

「ああ。このぶんだと、もうかたほうは台所《だいどころ》あたりに、にょっきりとつき立《た》っていそうじゃないか」

びょおぉぉぉ

びょびょおぉおぉおぉ

うなり声《ごえ》のような風《かぜ》の音《おと》がして、目《め》の前《まえ》の足《あし》がもち上《あ》がった。かかととゆびの形《かたち》もまっ黒《くろ》く見《み》えた。床《ゆか》を通《とお》りぬけて、

ずっすうぅぅん

菜緒《なお》とさよばあちゃんは、またはね上《あ》がった。

「やしきぼうずは、なんだかおこっているみたいだね、さよばあちゃん」

「まったくだ。いったいどうしたっていうんだろうね」

さよばあちゃんは、天井《てんじょう》を見上《みあ》げた。菜緒《なお》もいっしょに見上《みあ》げて、

「やしきぼうずの顔《かお》、見《み》たことある？　さよばあちゃん」

「いいや、一度《いちど》もないよ。こんなにあばれんぼうのくせに、案外《あんがい》はずかし

がり屋《や》なんだろうさ。しかし、なにが気《き》に入《い》らないのかねぇ」

首《くび》をひねって、「やれやれ」とさよばあちゃんはいった。また毛布《もうふ》をひきずりながら、はなれへもどっていく。菜緒《なお》もあとから、ずるずるとついていった。

びょおぉぉとずっすんは、明《あ》け方《がた》までつづいてやっとしずかになった。

菜緒《なお》がかえる日《ひ》の朝《あさ》。

ねぼうしておきていったら、おじいちゃんとおばあちゃんとさよばあちゃんが、台所《だいどころ》で話《はな》しこんでいた。食《た》べ終《お》えた朝《あさ》ごはんの食器《しょっき》が、そのまま食卓《しょくたく》にのっている。

おじいちゃんはうでを組《く》んで、ほっぺたにもあごにもむっと力《ちから》が入《はい》っていた。口《くち》のはしっこもねじれている。

「いまさら、家《いえ》のたてかえを止《や》めろだなんて。わけもいわずに、それはないよ、母《かあ》さん」

ひくい声《こえ》でいって、さよばあちゃんをぎろんとにらんだ。

さよばあちゃんは、菜緒《なお》に「おいで」と手《て》まねきをした。そばにすわると耳《みみ》もとでささやいた。

「この家《いえ》をたてかえるのが、気《き》に入《い》らないんだよ」

菜緒《なお》はかたをすくめて、おじいちゃんとおばあちゃんを見《み》た。さよばあちゃんにささやかれても、菜緒《なお》はどうしていいかわからない。こまっていたら、

「わたしじゃなくて、やしきぼうずがさ」

またささやいた。菜緒《なお》は、

「あっ」

と、声《こえ》を上《あ》げた。おじいちゃんが、まゆをしかめて、

「どうしたんだ、菜緒《なお》ちゃん」

いいかけたとき、電話《でんわ》が鳴《な》りひびいた。

「あら、電話《でんわ》だわ」

おばあちゃんが立《た》ち上《あ》がる。電話《でんわ》に出《で》て、

「えっ……ちょ、ちょっとまってくださいよ」

と、いって、

「あなた、役場《やくば》からですよ」

ふりむいて、おじいちゃんに受話器《じゅわき》をわたした。

役場《やくば》からの電話《でんわ》はとても長《なが》かった。菜緒《なお》が朝《あさ》ごはんをすませたころ、やっと電話《でんわ》が終《お》わった。みんなのところへもどってきたおじいちゃんは、鼻《はな》のあなが横《よこ》にひろがってふくらんでいた。

「母《かあ》さん、役場《やくば》の人間《にんげん》に、なにかいったんじゃないだろうね」

と、さよばあちゃんを見《み》て、ため息《いき》をつく。

「この家《いえ》は、島《しま》の十九《じゅうきゅう》ケ村《かそん》ちゅう一番古《いちばんふる》い家《いえ》で、昔《むかし》のけんちくようしきが、そのままのこっているから、県《けん》の文化財指定《ぶんかざいしてい》をうけるために、しんせいすることにきまったというんだ。ついては、たてかえはならん、ほしゅうにとどめてくれ、といってきた」

こっそりと目《め》を見《み》かわして、菜緒《なお》とさよばあちゃんは、じわじわとひざであとずさった。そぉっと立《た》ち上《あ》がると、おじいちゃんが、

「母《かあ》さんだろ、村長《そんちょう》をそそのかしたのは」

ひきもどすように、二人《ふたり》を見上《みあ》げた。さよばあちゃんは、

「とぉんでもないよ。わたしなもんか。わたしがそんなことをするわけないじゃないか」

と、手《て》も頭《あたま》も横《よこ》にふった。

「むむっ」

と、おじいちゃんはうなった。信用《しんよう》できないという顔《かお》だった。

かえりじたくをしに、菜緒《なお》ははなれへむかう。

わたりろうかで、

「わたしであるもんか」

いいながら、さよばあちゃんが菜緒《なお》に顔《かお》をよせてきた。目《め》も口《くち》もほっぺたも、くずれおちそうにほころんでいる。菜緒《なお》もわらいがこみ上《あ》げてきた。

「ずっすん」

さよばあちゃんが、ろうかの床《ゆか》を足《あし》でふみならす。

「ずず、ずっすん」

菜緒《なお》もいっしょに床《ゆか》をふみたたく。

二人《ふたり》はならんで、

「ずっすん」

「ずず、ずっすん」

と、床《ゆか》をふみならしながら、わたりろうかをわたっていく。

2. ひなおどり

四月《しがつ》になってから、おじいちゃんの家《いえ》に、毎日大工《まいにちだいく》さんがきはじめた。ほしゅう工事《こうじ》がはじまったのだ。家《いえ》のたてかえは、村長《そんちょう》さんがおじいちゃんを説《と》きふせて、中止《ちゅうし》になったらしい。金《かな》づちやのこぎりやかんなの音《おと》が、あたりじゅうにひびきわたっている。

春休《はるやす》みに、菜緒《なお》はまた一人《ひとり》で、おじいちゃんの家《いえ》にやってきている。

「やっとさくらがさいてきたよ」

はなれの縁側《えんがわ》から、菜緒《なお》は庭《にわ》をゆびさした。庭《にわ》には、枝《えだ》を大《おお》きくひろげたさくらの木《き》が一本《ぽん》ある。庭《にわ》のさくらがさく時《じ》

期《き》に、菜緒《なお》がおじいちゃんの家《いえ》にいるのは、はじめてだ。

「あしたは、いよいよ満月《まんげつ》だ」

さよばあちゃんが空《そら》を見上《みあ》げた。

「そうなの、さよばあちゃんっ」

菜緒《なお》は、思《おも》わず声《こえ》を上《あ》げた。

さくらがさいて、お月《つき》さまがまんまるになったら、その日《ひ》はひなおどりの夜《よる》だった。一年《ねん》に一度《いちど》、おひなさまたちがうごき出《だ》す夜《よる》だ。

「すごおく、たのしみ。おじいちゃんちのおひなさま、一回《いっかい》も見《み》たことないんだもん」

「ああ。ひな祭《まつ》りにひな段《だん》で、しとやかにすましているひなさんたちもいいが、あしたの晩《ばん》は、かくべつだよ」

ひなさんというのは、おひなさまのことだ。ひな祭《まつ》りがおわって、いまはもう、おし入《い》れにしまわれている。

「あんなのがいっぱいあるよ」

菜緒《なお》がゆびさす木《き》の下《した》に、かんなくずや木《き》くずがちらかっている。

「だいじょうぶだよ。夕方《ゆうがた》には、大工《だいく》さんが掃除《そうじ》をしてかえるだろうからね」

さよばあちゃんは、ゆっくりとうなずいた。

ひるごはんを食《た》べ終《お》わったら、

「さて。菜緒《なお》や、よもぎつみにいこうじゃないの」

小《ちい》さいざるをもって、さよばあちゃんが菜緒《なお》をさそった。よもぎもちをつくるためだ。

「うんっ」

と、菜緒《なお》はすぐに外《そと》へ出《で》た。

「背戸《せど》からいくよ」

家《いえ》のうら側《がわ》にある庭《にわ》や畑《はたけ》を、背戸《せど》とよんでいる。さよばあちゃんのあとについて、菜緒《なお》も背戸《せど》から山道《やまみち》へむかった。

山《やま》の斜面《しゃめん》にある田《た》んぼの土手《どて》に上《あ》がると、おじいちゃんの家《いえ》がすっかり見《み》はらせた。南《みなみ》むきの大《おお》きい母屋《おもや》は、一方《いっぽう》にはなれ、もう一方《いっぽう》に納屋《なや》と蔵《くら》が、コの字型《じがた》にならんで庭《にわ》をかこんでいる。金《かな》づちやのこぎりの音《おと》は、山《やま》にもこだましてひびいていた。

土手《どて》は一面《いちめん》に、よもぎが芽《め》を出《だ》している。葉《は》っぱのうらのわた毛《げ》が、みんな銀色《ぎんいろ》に光《ひか》って見《み》えた。

「これを、おもちに入《い》れるの?」

「そうよ。いいかおりの草色《くさいろ》のよもぎもちができるよ」

菜緒《なお》とさよばあちゃんは、ざるに山《やま》もりいっぱいのよもぎをつんだ。

次《つぎ》の日《ひ》の午後《ごご》、菜緒《なお》とさよばあちゃんとおばあちゃんは、三人《にん》でいっしょに、よもぎもちをつくった。

「春《はる》のかおりがするだろ、菜緒《なお》ちゃん」

おばあちゃんは、おじいちゃんの大《だい》すきな、あんこのよもぎもちをつくった。さよばあちゃんと菜緒《なお》は、おひなさまのための、小《ちい》さい小《ちい》さいきなこのよもぎもちをつくった。

おばあちゃんは、あんこのよもぎもちができあがると、重《じゅう》ばこにうつして、

「そろそろおやつにしてくださいね」

と、おじいちゃんと大工《だいく》さんにもっていった。

さよばあちゃんは、まだまだつくりつづけながら、

「菜緒《なお》や。ひなさんは、いつもはあんなにしとやかだろ。だがじつは、おどりが大《だい》とくいなんだよ」

と、いった。

「ほんと？　おひなさまのおどりって、かっこいい？」

菜緒《なお》は、きなこだらけの手《て》をとめた。

「そりゃぁ、みごとなもんよ」

「すごーい。なんかうれしい。わたしもおどるの大すきだよ、さよばあちゃん」

音楽《おんがく》がきこえると、菜緒《なお》は自然《しぜん》にからだがうごき出《だ》してくる。

「そうかい」

と、さよばあちゃんも手《て》をとめた。

「菜緒《なお》ならそうじゃないかと、思《おも》ったよ。おどりはわたしもすきなんでね」

ゆっくりと、さよばあちゃんのえくぼがふかくなった。

よもぎもちをつくり終《お》わって、

「できあがり」

菜緒《なお》は、両手《りょうて》のきなこをぱぱんとはらった。

「ごくろうさんだったね、菜緒《なお》や。ひなさんたちがよろこぶよ。なにしろよもぎもちが、一番《いちばん》のこうぶつだからね」

さよばあちゃんは、大《おお》きいさらによもぎもちをもった。

その日《ひ》の夜《よる》。

菜緒《なお》とさよばあちゃんは、まくらもとの小《ちい》さい電気《でんき》スタンドをつけて、ふとんの中《なか》で目《め》をあけて、ま夜中《よなか》になるのを待《ま》っていた。まんまるお月《つき》さまが、空《そら》のま上《うえ》にくるのを待《ま》っているのだ。お月《つき》さまがま上《うえ》にきたら、おひなさまが目《め》をさます。

さぁ　ささぁ

さぁ　ささぁ

風《かぜ》の音《おと》が、かすかにきこえてくる。耳《みみ》をすまさないときこえないぐらいの、小《ちい》さい音《おと》だ。

「きょうの風《かぜ》は、内気《うちき》な女《おんな》の子《こ》みたいな風《かぜ》だね」

さよばあちゃんがつぶやいた。菜緒《なお》は、うすもも色《いろ》のほっぺたの子《こ》が、見《み》えてくる気《き》がした。

「さよばあちゃん、ま夜中《よなか》って、何時《なんじ》ぐらいのま夜中《よなか》?」

「そうだねぇ、お月《つき》さんがま上《うえ》にくるのは、十二時《じ》をすぎたころじゃないだろうかねぇ」

菜緒《なお》はねむくなるのを、いっしょうけんめいにがまんした。

「菜緒《なお》や」

さよばあちゃんがよんでいる。半分《はんぶん》ねむりかけていた菜緒《なお》は、ゆめの中《なか》で遠《とお》くから、よばれたような気《き》がした。

「そろそろ、ひなさんたちが目《め》をさますよ。戸《と》をあけにいってやらなきゃならないよ」

ぱっと目《め》がさめた。ふとんをはねのけておきあがる。さよばあちゃんが、そろりと立《た》ち上《あ》がった。

さぁ　さささぁ

さぁ　さささぁ

さよばあちゃんは、うすむらさきのストールを、菜緒《なお》のかたに着《き》せかけてくれた。さよばあちゃんも、おなじうすむらさきのストールを、かたにかけている。

電気《でんき》スタンドを消《け》して、部屋《へや》を出《で》た。

わたりろうかをわたって、母屋《おもや》へむかう。母屋《おもや》の縁側《えんがわ》のろうかに立《た》つと、さよばあちゃんは、カーテンとガラスの戸《と》を、音《おと》を立《た》てずにあけた。

月《つき》の光《ひかり》が縁側《えんがわ》にさしこんできた。そこだけはっとするほど明《あか》るく見《み》える。庭《にわ》も昼間《ひるま》のように明《あか》るい。さくらが、ほんのりとうすむらさき色《いろ》にうかび上《あ》がっていた。

菜緒《なお》とさよばあちゃんは、月明《つきあ》かりの下《した》のさくらに見《み》とれた。

さぁ　ささぁ

風《かぜ》がふいて、花《はな》びらがまいこんできた。

「この縁側《えんがわ》から、ひなさんたちは庭《にわ》へ出《で》ていくんだよ」

さよばあちゃんが、菜緒《なお》のかたに手《て》をおいた。

「ここから?」

おどろいて、菜緒《なお》は足《あし》もとを見下《みお》ろした。おじいちゃんの家《いえ》の縁側《えんがわ》は、高《たか》さが一メートル近《ちか》くもあるのだ。

「どうやって出《で》ていくかは、あとのおたのしみだ」

菜緒《なお》のかたをとんとたたいて、さよばあちゃんはざしきへ入《はい》っていく。そのままざしきを通《とお》りぬけて、おくざしきへむかう。菜緒《なお》もあとからついていった。

おじいちゃんのいびきが、とぎれとぎれにきこえてくる。おくざしきのとなりは、おじいちゃんとおばあちゃんの部屋《へや》だった。

「菜緒《なお》、きこえるかい？」

さよばあちゃんがささやいた。

「おじいちゃんのいびき？」

「そうじゃないよ。おし入《い》れの中《なか》だよ」

さよばあちゃんは、おくざしきのおし入《い》れをゆびさしていた。そういえば、いびきのあいだに、

しゅしゅっ　ことん

と、ささやかな物音《ものおと》がする。

しゅしゅっ　こととん

たしかにおし入《い》れからきこえてくる。ぬのがすれあうのと、小《ちい》さい木《き》のはこがぶつかりあうような音《おと》だ。

「きこえる」

菜緒《なお》がいったら、さよばあちゃんが、

「それはよかった」

と、うれしそうな声《こえ》になって、

「いよいよひなさんたちがお目《め》ざめだ。さあ、あけるよ。いまからは、声《こえ》を出《だ》しちゃいけないよ」
口《くち》にゆびを立《た》てて、おし入《い》れのふすまをそろそろと横《よこ》にひいた。ささやかな音《おと》がぴたりとやんだ。おじいちゃんのいびきが大《おお》きくなった。菜緒《なお》は、ストールのすそを、ぎゅっとにぎりしめた。

しゅしゅっ

いきなり足《あし》もとで音《おと》がした。びくんとして、菜緒《なお》はさよばあちゃんにからだをくっつけた。たたみの上《うえ》を、菜緒《なお》のスクール帽子《ぼうし》ぐらいの黒《くろ》いかたまりが、しずしずとうごいていく。

しゅしゅっ　しゅしゅしゅっ
しゅしゅっ　しゅしゅしゅっ

うごくたびに、ぬのがすれあう音《おと》がする。黒《くろ》いかたまりは、おし入《い》れからつぎつぎに出《で》てきて、一列《れつ》にならんだ。月明《つきあ》かりにさそわれるように、縁側《えんがわ》を目《め》ざして進《すす》んでいく。おひなさまたちだった。かぞえてみたら十五人《にん》いる。

「さよばあちゃん」

ささやき声《ごえ》でよんだら、

「ひなさんたちが、庭《にわ》へ出《で》ていくところを見《み》たいだろ。わたしたちもいこうじゃないの、菜緒《なお》や」

さよばあちゃんも声《こえ》をひそめて、菜緒《なお》の背中《せなか》をおした。

「きょうは、ひなさんたちの、年《ねん》に一度《いちど》のほねやすめの日《ひ》だからね。さわいだりじゃましたりしちゃいけないよ。菜緒《なお》も、柱《はしら》やカーテンにでもなったつもりでいるんだね」

菜緒《なお》はストールを頭《あたま》からかぶった。カーテンになったつもりで「うん」

とうなずいた。

「はじまるよ」

さよばあちゃんがささやいた。

さいしょに、おだいりさまとおひなさまがむきあって、あいてのきもののすそをもちあった。そして、

「そぉれ」

と、かけ声《ごえ》をあわせて、ぱっと縁側《えんがわ》から外《そと》へとび出《だ》したのだ。「あっ」と菜緒《なお》が声《こえ》を出《だ》しそうになったとき、おだいりさまとおひなさまのきものが、ふぅわりとふくらんだ。ゆぅらりゆらゆらとパラシュートのようになって、庭《にわ》までおりていく。おだいりさまとおひなさまのとりすました小《ちい》さい顔《かお》が、まんまるにふくらんだきものに、うもれそうになっている。

「おっかしい。でも、かわいい」

菜緒《なお》は手《て》で口《くち》をおさえた。むねやおなかがむずむずする。わらい声《ごえ》がも

れそうだ。

「だめだよ、菜緒《なお》や」

さよばあちゃんが菜緒《なお》をつつく。

「わかってる、カーテンだもん」

「そうさ、カーテンだよ」

さよばあちゃんの声《こえ》も、わらい出《だ》しそうにふるえていた。

三人《にん》かんじょは三人《にん》で、五人《にん》ばやしは五人《にん》で、ずいしんのだいじんは二《ふた》人《り》で、にもつはこびのえじは三人《にん》で、それぞれ輪《わ》になったりむきあったりして、きもののすそをもちあって庭《にわ》へとびおりた。

菜緒《なお》もさよばあちゃんも、からだをよじって、両手《りょうて》で口《くち》をおさえて、わらうのをこらえた。

庭《にわ》でさくらが風《かぜ》にゆれ、空《そら》のま上《うえ》にまんまるのお月《つき》さま。さくらの木《き》の下《した》の、大工《だいく》さんがはきのこしたかんなくずを、おひなさまたちは気《き》にもか

けなかった。

「月《つき》もさくらも、みごとじゃのぅ」

「こよいは、われらのほねやすめ」

「やしきも、このままのこすそうな」

「いとも、すみよきやしきゆえ」

「さても、めでたきよきよいじゃ」

「うたって、まって、たのしみましょうぞ」

小《ちい》さい高《たか》い声《こえ》でいいあって、やがて、

ぽん　ぽぽん

と、つづみがなりはじめた。

「どうやらひなさんたちも、この家《いえ》がすきらしいじゃないか。たてかえなくて、よかったようだね」

「めでたいって、いってたもんね」

菜緒《なお》とさよばあちゃんは、げんかんから庭《にわ》へ出《で》ていった。さよばあちゃんは、手《て》におぼんをもっている。きなこのよもぎもちが、いっぱいのっているさらと、抹茶《まっちゃ》が入《はい》っているさかずきをのせたおぼんだ。

「菜緒《なお》や、これをさくらの木《き》の下《した》においてきておくれ。明《あか》るいところがいいよ」

さよばあちゃんにいわれて、菜緒《なお》はおぼんをうけとった。

ふえもなりはじめて、うたもきこえてきた。

ぴぃ　ぴょろろぉぉ
ぽん　ぽぽん　ぽぉん
こぉぉよぉい

まぁんげぇつ
さぁくぅらぁの
よぉおいぃいぃいぃよぉ

三人《にん》かんじょが、ひらりひらりとおどりはじめた。ずいしんとえじもおどっている。三人《にん》かんじょの白《しろ》いころもが、さくらと月《つき》の光《ひかり》で、うすいむらさき色《いろ》にそまって見《み》える。まいながら、さくらのこかげに入《はい》ると、ふっと消《き》えたように見《み》えにくくなる。でもまたすぐに、明《あか》るい月《つき》の光《ひかり》の下《した》へ出《で》てきて、まいおどった。

菜緒《なお》はストールを頭《あたま》からかぶったままで、そろりそろりと木《き》のそばへいく。月《つき》の光《ひかり》があたる場所《ばしょ》をさがして、おぼんをおこうとしたら、

「おだいりさまもおひなさまも、いまだ、まいはじめてくださらぬ」

「そこのむらさきのおかた、いっしょにまってくださりませ」

と、いう声《こえ》がした。菜緒《なお》はぎっくんとして、おぼんごと、よもぎもちも抹茶《まっちゃ》も、ほうり出《だ》しそうになった。

「これ、むらさきのおかた」

またよんでいる。どきどきしながら、おぼんをおいた。

「いっしょにまってくださりませ」

しゃがんだ菜緒《なお》の足《あし》もとで、かんじょが三人《にん》そろって、菜緒《なお》を見上《みあ》げていた。菜緒《なお》は目《め》を見《み》はって、息《いき》をのんだ。さよばあちゃんをさがしたら、すこしはなれたところで、こっくりとうなずいている。

菜緒《なお》は、また三人《にん》かんじょを見下《みお》ろした。

「そなたがまってくだされば、お二人《ふたり》もまいはじめてくださりましょう。お二人《ふたり》がまってくださらねば、ほねやすめにはなりませぬ」

三人《にん》はいっしょに、菜緒《なお》のパジャマのすそを、つんつんとひっぱった。

菜緒《なお》がそうっと息《いき》をはいて、ごっくんとつばをのみこんだら、そろって白《しろ》

い顔《かお》をななめにかたむけて、

「ささ、ともにまいましょうぞ」

と、手《て》をさしのべる。

菜緒《なお》はこくりとうなずいた。しずかに立《た》ち上《あ》がって、おどりの輪《わ》の中《なか》に入《はい》っていく。最初《さいしょ》はステップをふみそこなった。こんなにおそいテンポの音楽《おんがく》は、はじめてだ。おちついて、からだでリズムをきざむ。すこしずつ、ゆっくりリズムのこつがわかってきた。まもなく、ふえとつづみとうたにあわせて、ふうわりひいらりとおどることができた。

菜緒《なお》のおどりにさそわれるように、おだいりさまとおひなさまも、おどりの輪《わ》に入《はい》ってきた。お月《つき》さまの青白《あおじろ》い光《ひかり》が、庭《にわ》いっぱいにさしこんでいる。風《かぜ》がふいて、さくらがちった。

ふと気《き》がついたら、さよばあちゃんもいっしょにおどっていた。おひなさまたちのおどりは、はぁらりひいらりと、まいちるさくらの花《はな》びらのよ

うに見《み》えた。菜緒《なお》とさよばあちゃんも、むらさき色《いろ》のストールを、ふうわりひいらりとはためかせておどった。

どれぐらい長《なが》いあいだおどっていたのか、わからない。やがて、

「よもぎもちを、食《た》べようぞ」

おだいりさまの声《こえ》がした。

「いただきましょうぞ」

「うれしやのう」

「たのしやのう」

おひなさまたちが、よもぎもちのまわりにあつまっていく。おぼんをまん中《なか》にして、輪《わ》になってすわった。菜緒《なお》とさよばあちゃんも、すこしはなれたところで、いっしょにしゃがんだ。

おだいりさまがさいしょに、よもぎもちに手《て》をのばす。あんぐと口《くち》をあけて、もちをほおばる。ほそくて白《しろ》いほっぺたがふくらんで、むくむくと

右《みぎ》に左《ひだり》にうごいて、またほそくなる。

「うまいのぅ」

おだいりさまの声《こえ》で、おひなさまたちもいっせいに、よもぎもちに手《て》を出《だ》した。小《ちい》さい口《くち》をあんぐとあけて、つぎからつぎにかぷりかぷりとほおばった。

「よきあじでござります」

「かくべつじゃ」

「たまりませぬ」

みるみるもちがへっていく。さかずきを両手《りょうて》にかかえて、じゅんばんに一口《ひとくち》ずつ抹茶《まっちゃ》をのむ。一人《ひとり》ずつ、「ふう」と顔《かお》がほころんでいった。

風《かぜ》がふいて、さくらがちった。

「菜緒《なお》や、そろそろ部屋《へや》へもどろうかね」

「うん」

菜緒《なお》はうなずいた。おどりつかれて、まぶたがふさがりかけている。

さよばあちゃんがそろりと立《た》ち上《あ》がる。菜緒《なお》も立《た》ち上《あ》がって、二人《ふたり》はそっとげんかんへむかっていった。

つぎの日《ひ》、

「こりゃあ、いったいなんだ？」

庭《にわ》で大工《だいく》さんの声《こえ》がした。はなれの縁側《えんがわ》から、さよばあちゃんが、

「どうしましたね」

と、いうと、大工《だいく》さんはそばへやってきて、

「かんなくずの下《した》に、みょうなものがおちてましたよ」

と、さよばあちゃんのてのひらに、つまんでいたものを、ぽとんとおとした。

「なんですかな、それは」

首《くび》をかしげながら、大工《だいく》さんはまた、かんなかけにもどっていく。

「おや、まあ」

さよばあちゃんは、てのひらにのったものを見《み》ながら、

「菜緒《なお》や、ちょっときてごらん」

わらいをふくんだ声《こえ》でよんだ。菜緒《なお》がそばへいくと、

「いつもの年《とし》は、おぼんをかたづけるときに、見《み》つけるんだがねぇ。かんなくずの下《した》になっていて、今年《ことし》はわたしにも見《み》つけられなかったよ」

と、てのひらをさし出《だ》した。のぞきこんでまじまじと見《み》て、菜緒《なお》は目《め》を見《み》はった。

「これって」

「そうだよ、ひなさんのおうぎだよ」

ゆびでつまんで、菜緒《なお》のてのひらにのせて、

「毎年《まいとし》なにか、わすれものをしていくんだ。まったく、そそっかしくてこ

まったもんだねぇ」

さよばあちゃんは、うっふふと口《くち》をすぼめた。

「ゆめ、じゃなかったんだ」

菜緒《なお》がつぶやいたら、

「ゆめなもんか」

首《くび》をふって、「とぉんでもない」という顔《かお》をした。菜緒《なお》はいっぺんに、夕《ゆう》べのことをぜんぶ思《おも》い出《だ》した。顔《かお》がふぅっとゆるんでくる。

「おひなさまたちは、おし入《い》れにかえったかなぁ」

と、おうぎをつまみあげた。

「ああ。ちゃあんとかえっていたよ」

さよばあちゃんがうなずく。菜緒《なお》は、おうぎを目《め》の前《まえ》にかかげて、

「でも、こぉんなにそそっかしいんだもんねぇ」

と、さよばあちゃんにかたをぶつけていった。

さくらの花《はな》びらが、はなれの縁側《えんがわ》にまいこんでくる。ひらひらまいちる花《はな》びらは、まるでおひなさまたちのおどりのように見《み》えた。

庭《にわ》に、かんなとのこぎりの音《おと》がひびきわたる。

3. ほたる道

目《め》がさめたら、空気《くうき》がしっとりしていた。ぴちょん、ぴちょんと、小《ちい》さな水音《みずおと》もきこえる。菜緒《なお》は、かけぶとんをだきかかえてねがえりをうった。さざ波《なみ》のようなてんじょう板《いた》の木目《もくめ》が見《み》えた。

「あ、そうか。おじいちゃんちだったんだ」

　菜緒《なお》がいるのは、さよばあちゃんの部屋《へや》だ。

　きょうは七月《がつ》の第《だい》一土曜日《どようび》。きのう、菜緒《なお》と父《とう》さんは、シルバーのワンボックスカーで高速道路《こうそくどうろ》をとばして、おじいちゃんの家《いえ》にやってきた。ついたのはま夜《よ》中《なか》だった。

夕《ゆう》べ、ならんでねたさよばあちゃんは、もういない。ふとんもたたんである。菜緒《なお》はとびおきた。

「きょうの夜《よる》は、ほたるを見《み》にいくんだ」

大《おお》いそぎでパジャマをきがえた。

月曜日《げつようび》の夜《よる》、菜緒《なお》は、ほたるが飛《と》びはじめたというニュースをテレビで見《み》て、村《むら》のほたる道《みち》のことを思《おも》い出《だ》した。びっくりするほどたくさんのほたるがいて、ほたるがとぶ季節《きせつ》になると、おおぜいの旅人《たびびと》がほたる道《みち》へかえってくると、さよばあちゃんがいっていたのだ。

母《かあ》さんに話《はな》したら、

「おおぜいの旅人《たびびと》ねぇ」

と、つぶやいて、

「つまり観光客《かんこうきゃく》のことなんでしょ？」

父《とう》さんを見《み》て首《くび》をかしげた。

「それを知《し》りたいなら、ほたる道《みち》へいってみることだな」

父《とう》さんは、テレビの音《おと》を小《ちい》さくしていった。

「あなたは、知《し》ってるの？」

「まあな。子《こ》どものころ、さよばあちゃんといったことがある」

「どうだった？　父《とう》さん」

「だから、いってみろって。村《むら》もほたるがとぶころだよ」

菜緒《なお》はもちろん「いく」といった。

「わたしは、仕事《しごと》をぬけられないわ。あーぁ、残念《ざんねん》」

くやしがりながら、母《かあ》さんは残《のこ》ることになって、金曜日《きんようび》の夕方《ゆうがた》、菜緒《なお》と父《とう》さんだけで家《いえ》を出発《しゅっぱつ》してきたのだ。

母屋《おもや》へいったら、

「菜緒《なお》、おきたか。よくねたな」

居間《いま》で、父《とう》さんが一人《ひとり》で新聞《しんぶん》をよんでいた。

「おはよう、父《とう》さん」

縁側《えんがわ》のガラス戸《ど》が、ところどころあいている。外《そと》はきりのような小雨《こさめ》がふっていた。

おじいちゃんの家《いえ》は、春《はる》からはじめたほしゅう工事《こうじ》が、すっかり終《お》わっている。夕《ゆう》べ家《いえ》へ入《はい》るとき、げんかんの戸《と》がびっくりするほどかるくあいたし、はなれのろうかも、ギシシといわなくなっていた。ほしゅうが一番《いちばん》たいへんだったかやぶき屋根《やね》は、もう、どこも雨《あま》もりをしなくなったらしい。

台所《だいどころ》から、野菜《やさい》をきざむ音《おと》がする。

「菜緒《なお》ちゃん、おはよう」

と、おばあちゃんの声《こえ》もきこえた。

「さよばあちゃんとおじいちゃんは？」

「さよばあちゃんは背戸《せど》の畑《はたけ》へ、ねぎをとりにいったよ。おじいちゃんは、田《た》んぼの見《み》まわりだ。父《とう》さんもいきたかったけど、ねすごしてまにあわなかった」

父《とう》さんは、がさがさと新聞《しんぶん》のページをめくった。

「雨《あめ》がふってんのに？」

菜緒《なお》が顔《かお》をしかめたら、

「これぐらいの雨《あめ》は、おじいちゃんもさよばあちゃんも、気《き》にしちゃいないんだ」

父《とう》さんも、気《き》にしていないようだった。

「おじいちゃんがかえってきたから、朝《あさ》ごはんにしようね、菜緒《なお》ちゃん。きょうは、いい魚《さかな》が手《て》に入《はい》ったのよ。みそしるにしたからね」

おばあちゃんの声《こえ》といっしょに、みその、いいにおいもしてくる。

「はあい」

と、へんじをしながら、菜緒《なお》は縁側《えんがわ》へ出《で》た。雨《あめ》を見上《みあ》げて、

「ほたるを見《み》にいけないかもしれないよ」

と、父《とう》さんをふりかえったら、庭《にわ》からおじいちゃんの声《こえ》がきこえた。

「なぁに、雨《あめ》ならもうすぐ上《あ》がるよ、菜緒《なお》ちゃん」

おじいちゃんは、納屋《なや》のそばの井戸《いど》ばたで、手《て》と足《あし》をあらっていた。

「夜《よる》になったら、ほたるがとぶには、ちょうどいいぐあいになるだろうよ」

いいながら、タオルで首《くび》と頭《あたま》もごしごしふいた。さよばあちゃんもいっしょにいて、ねぎの土《つち》をあらいおとしている。

「ほたる日《び》よりになるだろうよ。くもり空《ぞら》で風《かぜ》がなくてね」

と、麦《むぎ》わらぼうしのつばをもち上《あ》げて、空《そら》をあおいだ。

朝《あさ》ごはんを食《た》べ終《お》わるころ、おじいちゃんがいった通《とお》り、雨《あめ》はすっかり止《や》んだ。空《そら》は一日《いちにち》じゅうくもっていて、さよばあちゃんがいった通《とお》り、風《かぜ》もなかった。

夕《ゆう》ごはんは、みんなで居間《いま》の座卓《ざたく》をかこんで食《た》べた。

先《さき》に食《た》べ終《お》わった菜緒《なお》は、縁側《えんがわ》にこしかけて、うずうずしながら父《とう》さんを待《ま》っていた。父《とう》さんは、のんびりとビールをのんで、おじいちゃんと話《はな》しこんでいる。いつまでたっても終《お》わらない。

「そろそろ、ほたるがとぶ時間《じかん》だね」

さよばあちゃんが立《た》ち上《あ》がった。縁側《えんがわ》で足《あし》をぶらんぶらんさせていた菜《な》緒《お》は、あわててふりかえった。

「菜緒《なお》や、わたしといくのはいやかい?」

さよばあちゃんがわらっている。「ううん」と菜緒《なお》が立《た》ち上《あ》がると、父《とう》

さんがふりかえって、

「菜緒《なお》。父《とう》さんがほたる道《みち》へいったときは、さよばあちゃんと二人《ふたり》でいったんだが」

菜緒《なお》を見上《みあ》げて、

「菜緒《なお》はどうする？」

と、じっと見《み》つめる。

菜緒《なお》はすぐにうなずいて、

「わたしも、さよばあちゃんといってくる」

でも、くらい夜道《よみち》が心配《しんぱい》だった。

「さよばあちゃんだいじょうぶ？」

「わたしなら、だいじょうぶだとも。村《むら》の道《みち》もほたる道《みち》も、庭《にわ》を歩《ある》くようなもんだからね。目《め》をつぶってたってへいきなぐらいさ」

さよばあちゃんは、とんとむねをたたいて見《み》せた。

菜緒《なお》とげんかんへむかいながら、

「もっとも、夜歩《よある》きのときはつえをつくがね。足《あし》が一本《ぽん》ふえたぶん、よけいにはやく歩《ある》けるってもんよ」

と、かたをすくめて、わらい声《ごえ》をあげた。

台所《だいどころ》から出《で》てきたおばあちゃんが、

「広人《ひろと》、あんたもいくんじゃないの」

と、父《とう》さんをよんだ。

「ぼくはいかない。今夜《こんや》は、さよばあちゃんにまかせるよ」

父《とう》さんはげんかんのほうへのび上《あ》がって、

「菜緒《なお》をよろしく、さよばあちゃん」

と、手《て》をふった。

さよばあちゃんはつえをもって、菜緒《なお》はかいちゅうでんとうをもって、外《そと》へ出《で》た。

庭《にわ》へ出《で》てすぐに、菜緒《なお》は「あっ」と立《た》ちどまった。げんかんわきのつつじのそばから、なにかがとび出《だ》して、菜緒《なお》の前《まえ》を横《よこ》ぎったのだ。さよばあちゃんが、「おや」といった。菜緒《なお》がかいちゅうでんとうをむけたら、納《な》屋《や》と物置《ものおき》のあいだに、小《ちい》さいものがひらりととびこむところだった。

「なんだろう」

あんまりすばやくて、小《ちい》さいかたまりにしか見《み》えなかった。菜緒《なお》があとを追《お》おうとしたら、さよばあちゃんが、

「およしよ、菜緒《なお》。ほたる道《みち》へいくのがおそくなるよ」

と、よびとめた。菜緒《なお》は、納屋《なや》と物置《ものおき》のあいだをじっと見《み》つめてから、うなずいた。なんだったのか気《き》になったけれど、いまはほたる道《みち》へいくほうが先《さき》だった。

菜緒《なお》とさよばあちゃんは、外灯《がいとう》のまばらな、人通《ひとどお》りのない道《みち》を、ならんで歩《ある》いた。

「ほかにも村《むら》の人《ひと》が、きてるかな」

「いいや、きっと菜緒《なお》とわたしだけだろうよ。村《むら》のものに、ほたるはめずらしくないからね」

「でも、旅人《たびびと》はきてるんだよね」

「さて、どうだろうかね」

さよばあちゃんは夜道《よみち》でも、歩《ある》くのがとてもはやかった。くらい水《みず》の中《なか》をおよいでいく、大《おお》きな魚《さかな》のようにすいすいすすむ。菜緒《なお》も魚《さかな》になった気《き》分《ぶん》で、せっせと歩《ある》いた。

コツ　ほとほとほと
コツ　ほとほとほと

つえの音《おと》と足音《あしおと》が、かわるがわるきこえる。

「道《みち》がもっとくらくなるよ」

さよばあちゃんの声《こえ》といっしょに、水音《みずおと》がきこえ出《だ》した。村《むら》のはずれにきているようだ。まわりに家《いえ》がなくなって、外灯《がいとう》の明《あ》かりもなくなった。これから歩《ある》いていく道《みち》はまっくらで、かいちゅうでんとうの光《ひかり》なんか、すいとられてしまいそうだった。

「さよばあちゃん、水《みず》の音《おと》がするよ」

「この道《みち》にそって川《かわ》があるんだよ。両岸《りょうぎし》の草《くさ》にうもれるぐらいの小《ちい》さい川《かわ》だがね。この川《かわ》の上流《じょうりゅう》へいけば、ほたる道《みち》に入《はい》れるよ」

さよばあちゃんは、

コツ　ほとほとほと
コツ　ほとほとほと

と、先《さき》に歩《ある》いていく。道《みち》はだんだんほそくなっていった。

「あっ、ほたるがいる。さよばあちゃん、あそこにいるのほたるじゃない?」

かいちゅうでんとうの明《あ》かりの外《そと》に、小《ちい》さい光《ひかり》が二つならんでいた。むこう岸《ぎし》の草《くさ》の中《なか》だ。さよばあちゃんが立《た》ちどまって、

「どれどれ」

と、小《ちい》さい光《ひかり》のほうを見《み》た。

「あれはちがうね。たぶんへびだろうよ」

「へび?」

菜緒《なお》はおもわずからだをすくめた。

「あんなふうに、二つそろってまたたかないのは、たいがいへびの目《め》のはずなんだ」

じわじわと、さよばあちゃんのうしろへかくれる。

「だが、心配《しんぱい》することはないよ。このあたりは、マムシみたいなどくへびは出《で》たことがないからね。菜緒《なお》がこわがるより、あのへびのほうが、菜緒《なお》をこわがってるだろうよ」

さよばあちゃんがいい終《お》わらないうちに、二つの光《ひかり》は見《み》えなくなった。

「ほら、にげてった」

「こっちにこないよね」

「くるもんか」

さよばあちゃんは、声《こえ》を立《た》ててわらった。

コツ　ほとほとほと

コツ　ほとほとほと

前《まえ》を歩《ある》いていたさよばあちゃんが、ふいに見《み》えなくなった。

「さよばあちゃん」

菜緒《なお》はさけんだ。

「あわてなくても、だいじょうぶだよ」

さよばあちゃんの声《こえ》がきこえる。

道《みち》がきゅうにまがっていたのだ。せりだした小《こ》やぶのむこうを、かいちゅうでんとうでてらしたら、明《あ》かりの輪《わ》の中《なか》に、さよばあちゃんの背中《せなか》が見《み》えた。小走《こばし》りで背中《せなか》にくっつくと、

「菜緒《なお》、明《あ》かりをけしてごらん」

さよばあちゃんがいった。菜緒《なお》はかいちゅうでんとうをにぎりしめて、むねにかかえた。こんなくらい外《そと》で、明《あ》かりをけすなんてできなかった。

「明《あ》かりは、ないほうがいいんだよ」

さよばあちゃんがふりかえって、そっとスイッチを切《き》る。頭《あたま》の中《なか》でしーんと音《おと》がするぐらいの、まっくらやみになった。菜緒《なお》は、さよばあちゃん

に、もっとぴたっとくっついた。

ふうわり

ふいに目《め》の横《よこ》で、小《ちい》さい光《ひかり》がとぶのが見《み》えた。「あっ」と顔《かお》をふりむけてまもなく、とけるようにきえて見《み》えなくなった。「いまの」といいかけたら、こんどは目《め》の前《まえ》に光《ひかり》があらわれて、ゆっくりととぶ。

ふうわり　すーい

と、とびすぎていって、ふいにまたくらやみにきえさった。

「いまの、いまの?」

と、いいながら、菜緒《なお》はまわりを見《み》まわして、息《いき》をのんだ。

「すごぉい」

と、いって、それきり声《こえ》が出《だ》せなくなった。かぞえきれない小《ちい》さい光《ひかり》が、菜緒《なお》のまわりにむれとんでいた。

「川《かわ》すじにそって、とんでいるんだよ」

さよばあちゃんがいって、

「川《かわ》すじはこっちのほうだ」

と、菜緒《なお》の両《りょう》かたに手《て》をおいて、からだのむきをかえさせた。

おびただしい小《ちい》さい光《ひかり》のむれが、ついたりきえたりしながら、長《なが》いおびになってつらなっていた。遠《とお》くでは、まるくうずまいてとんでいるところもある。

「これ、みんな、ほたる?」

とぎれとぎれに、やっと菜緒《なお》はいった。

「そうさ」

さよばあちゃんがうなずいたのがわかった。

ほたるは、光《ひかり》をともしたりけしたりしながら、ゆるやかにとびまわった。菜緒《なお》が光《ひかり》にむかって手《て》をのばしたら、一ぴきがてのひらの中《なか》に入《はい》ってきた。

「わぁ、うわぁ。手《て》にとまるよ、さよばあちゃん」

菜緒《なお》は思《おも》わず、さけび声《ごえ》をあげた。ほたるは、菜緒《なお》のてのひらにとまって、ぽぅとやさしい明《あ》かりをともした。小《ちい》さな黒《くろ》い虫《むし》が見《み》えた。

ほたるのやわらかい光《ひかり》は、息《いき》をするように、ゆっくりとともったりきえたりした。菜緒《なお》は、光《ひかり》といっしょに、からだがうき上《あ》がっていきそうな気《き》がした。

「さあ、ほたる道《みち》へむかおうかね」

「ここはほたる道《みち》じゃないの?」

「まだほんの入口《いりぐち》さ」

さよばあちゃんは、また歩《ある》き出《だ》した。

草《くさ》にうもれそうなほそい道《みち》を、さよばあちゃんと菜緒《なお》は、前《まえ》とうしろになって歩《ある》いた。ゆるやかな上《のぼ》り坂《ざか》の土道《つちみち》で、山《やま》へむかっているのがわかった。

さくさく　さくさく
さくさく　さくさく

つえの音《おと》がきこえなくなって、草《くさ》をふみわける足音《あしおと》だけがきこえる。光《ひかり》のおびは、とぎれずにつづいていた。

「そろそろ、ほたる道《みち》のまんまん中《なか》だ」

さよばあちゃんがいった。

ふうわり　すーい
ふうわり　すーい

ほたるは、菜緒《なお》たちのほうへ、おしよせてくるように見《み》えた。

さくさく　さくさく
ふうわり　すーい
さくさく　さくさく
ふうわり　すーい

ほたる道《みち》はどこまでもつづいていた。

「さよばあちゃん」

「心配《しんぱい》しないでついといで」

さくさく　さくさく
ふうわり　すーい

「あれっ」

菜緒《なお》はふと耳《みみ》をすました。

たくさんの人《ひと》の声《こえ》がきこえる。わらい声《ごえ》やはなし声《ごえ》、うたう声《こえ》もまじっている。

「さよばあちゃん。声《こえ》がきこえるよ。たくさんきてるみたいだね」

菜緒《なお》は、さよばあちゃんの背中《せなか》をたたいた。

「あの声《こえ》がきこえるのかい、菜緒《なお》や」

「うん」

「そうかい。旅人《たびびと》の声《こえ》が菜緒《なお》にもきこえればいいが、と思《おも》っていたんだよ。うれしいね」

さよばあちゃんの声《こえ》がほころんでいる。

「そりゃぁ、きこえるよ、さよばあちゃん。あんなにたくさんなんだもん。でもあの人《ひと》たち、ほんとにみんな旅人《たびびと》かなぁ。すこしぐらいなら、村《むら》の人《ひと》もきてるんじゃないかな」

さよばあちゃんは小《ちい》さい声《こえ》でわらった。

「村《むら》の人《ひと》というなら、旅人《たびびと》だって、もともとはこの村《むら》の人間《にんげん》なんだよ。旅《たび》に出《で》て、いまはもう村《むら》にいないだけだ」

「そうなのかぁ。それで、かえってくるっていったんだ」

「ああ。ほんのいっとき、ほたる道《みち》へかえってくるのさ」

さよばあちゃんの返事《へんじ》は、低《ひく》くてやさしいささやき声《ごえ》になっていた。

「ほたるを見《み》に、かえってきたんだね」

菜緒《なお》がいったら、さよばあちゃんはだまって菜緒《なお》のかたをたたいた。

そのあいだも、いろんな声《こえ》はきこえていた。くらくて人《ひと》かげは見《み》えなかったけれど、遠《とお》くなったり近《ちか》くなったりして、きこえつづけた。ふしぎに、どっちのほうこうからきこえてくるのかわからなかったし、なにをいっているのかもききとれなかった。でも、おおぜいの声《こえ》がきこえてくるのは、なぜかとても心地《ここち》がよかった。

さよばあちゃんが、また歩《ある》きはじめた。菜緒《なお》も、声《こえ》に耳《みみ》をすましながらついていった。どこまで歩《ある》いてもだれにも出会《であ》わなかった。まわりはくらくて、ほたるの光《ひかり》のほかは、なにも見《み》えなかった。

「この先《さき》で、ほたる道《みち》は終《お》わりになるよ、菜緒《なお》や」

さよばあちゃんがいった。

おおぜいの声《こえ》は、小《ちい》さくなりはじめていた。みんないっしょにかえっていくらしかった。

ほたる道《みち》は、まもなくおしまいになった。しきられたように、いきなりほたるがいなくなって、道《みち》も終《お》わっていた。足《あし》にあたる草《くさ》むらのむこう

は、なにも見《み》えないまっくらやみだった。

菜緒《なお》がかいちゅうでんとうをつけたら、さよばあちゃんが、明《あ》かりを手《て》でかくして、

「菜緒《なお》、まだ明《あ》かりはないほうがいいだろうよ」

と、そっとスイッチを切《き》った。「どうしてかな」と思《おも》ったけれど、すぐに、

「あっ」

と、菜緒《なお》は声《こえ》を上《あ》げた。まっくらやみのずっとむこうに、ぼうっと光《ひかり》が見《み》える。すごく遠《とお》くの光《ひかり》だ。

「わぁ、あんなところまで、ほたるがたくさんとんでってる」

菜緒《なお》の声《こえ》がこだまして、まっくらやみのむこうに、山《やま》がそびえているのがわかった。さよばあちゃんが、そっと菜緒《なお》のかたをだきよせた。

「あれはほたるじゃないよ、菜緒《なお》や」

「ほたるじゃないの？」

遠《とお》くの光《ひかり》は、見《み》ているあいだにも、もっともっと遠《とお》くなっていく。おおぜいの声《こえ》も、小《ちい》さくなっていった。光《ひかり》と声《こえ》は、いっしょに遠《とお》ざかっているようだった。

「あの光《ひかり》、旅人《たびびと》がもってる明《あ》かりなんじゃないかな、さよばあちゃん」

菜緒《なお》のかたにおいたさよばあちゃんの手《て》が、ほんのすこしうごいた。

「どこへいくんだろう？」

「さあてね」

さよばあちゃんの手《て》が、またすこしうごいた。

光《ひかり》は、ふくらんだりしぼんだりしながら、どんどん遠《とお》くなっていく。声《こえ》は、もうきこえなかった。光《ひかり》を見《み》おくりながら、菜緒《なお》は、さよばあちゃんのこきゅうにあわせて、ゆっくりと息《いき》をすったりはいたりした。

やがて光《ひかり》は小《ちい》さい点《てん》になって、まっくらやみにとけて見《み》えなくなった。

「いっちゃった」

菜緒《なお》は、ほうっと息《いき》をはいた。

「ああ、いったね」

うなずいて、さよばあちゃんも、ほうっと息《いき》をはいた。

「かえるとしようか、菜緒《なお》」

さよばあちゃんが、菜緒《なお》のかたをぽんとたたいた。

「うん」

と、うなずいて、菜緒《なお》はまわれ右《みぎ》をした。

かぞえきれないほたるの光《ひかり》が、まっくらやみをそっとおしのけていた。

家《いえ》が近《ちか》づいたら、父《とう》さんたちのわらい声《ごえ》が、おもての道《みち》まできこえてきた。

「ただいまぁ」

と、居間《いま》へかけこんだら、

「すごかったろう、菜緒《なお》」

父《とう》さんが菜緒《なお》を見上《みあ》げた。おじいちゃんと父《とう》さんは、まだビールをのんでいる。

「これまでで、一番《いちばん》おおかったようだよ」

さよばあちゃんがこたえた。

「ぼくをつれていってくれたときも、さよばあちゃんはそういったよ」

父《とう》さんの顔《かお》が、ゆるんでいる。

「そうだったかねぇ。何十年《なんねん》も前《まえ》のことはおぼえちゃいないが、今夜《こんや》のがとくべつだったのはまちがいないよ」

さよばあちゃんは菜緒《なお》をふりかえって、かたほうの目《め》をぱしぱしさせた。菜緒《なお》もいきおいよくうなずきかえす。父《とう》さんのわらい声《ごえ》が大《おお》きくはじけた。

「お母《かあ》さん、菜緒《なお》ちゃん、からだがぬれたでしょう。二人《ふたり》でおふろに入《はい》ったらどうかしらね」

おばあちゃんにいわれて、菜緒《なお》とさよばあちゃんは、

「はーい」

「はいよ」

いっしょにへんじをして、おふろ場《ば》へむかった。さよばあちゃんのズボンのすそも、菜緒《なお》のジーパンのすそも、草《くさ》の葉《は》の夜《よ》つゆにぬれて、しっとりとしめっていた。

よく日《じつ》の午前中《ごぜんちゅう》に、菜緒《なお》と父《とう》さんは、おじいちゃんの家《いえ》を出発《しゅっぱつ》した。

「菜緒《なお》や、こんどは夏休《なつやす》みにこられるかい」

さよばあちゃんが、車《くるま》のまどからのぞきこむ。

「もっちろん。夏休《なつやす》みになったらすぐに、わたし一人《ひとり》でくるからね」

菜緒《なお》がむねをたたいてうなずいたら、さよばあちゃんもおじいちゃんもおばあちゃんも、

「それはいい。待《ま》ってるよ」

と、声《こえ》をそろえながら、車《くるま》をはなれた。

おじいちゃんたちが見《み》えなくなるまで、菜緒《なお》はあけたまどから手《て》をふった。

バス道《みち》に出《で》てから、

「どうだ、菜緒《なお》。ほたる道《みち》をどう思《おも》った？」

父《とう》さんがいった。

「うーんとね。あんまりきれいで、すごかったからかなぁ。なんだかふしぎだった。ちがう世界《せかい》にいるみたいっていうか」

「そうか、ちがう世界《せかい》か。うん、たしかにほたる道《みち》のような場所《ばしょ》は、ほかにはないだろうなぁ。で、旅人《たびびと》がきてるのはわかったのか？」

「うん。すごくたくさんきてた。でも、くらくてどこにいるか見《み》えなかったし、あんまりたくさんすぎて、なにを話《はな》してるのかも、ぜんぜんわかんなかった。けど、ほたる道《みち》から、山《やま》のほうへいったのはわかったよ」

あのときさよばあちゃんが、かいちゅうでんとうをけしてくれなかったら、遠《とお》ざかっていった光《ひかり》に、菜緒《なお》は気《き》がつかなかったかもしれない。

「山《やま》のほうへって」

父《とう》さんの声《こえ》がきゅうにひくくなって、

「菜緒《なお》は、旅人《たびびと》の光《ひかり》も見《み》たのか」

と、早口《はやくち》でいった。

「見《み》たよ」

菜緒《なお》は父《とう》さんのほうをむいて、

「父《とう》さんも見《み》たことあるんでしょ」

と、ききかえす。返事《へんじ》はすぐにはかえってこなかった。

「どうしたの、父《とう》さん」

「いや。父《とう》さんは見《み》てない。旅人《たびびと》の声《こえ》も、人《ひと》の声《こえ》だか水《みず》の音《おと》だかよくわからなかったし、ほたる道《みち》のむこうは、まっくらなだけだったからな」

父《とう》さんは、ちらっと菜緒《なお》を見《み》た。

「ふうん」

と、菜緒《なお》がうなずいたら、父《とう》さんはそれきりだまりこんだ。

「父《とう》さんっ。信号《しんごう》、赤《あか》っ」

父《とう》さんがとっさにブレーキをふむ。車《くるま》はガクンととまった。

「すまん、菜緒《なお》。だいじょうぶか」

「へいき。だいじょうぶ」

父《とう》さんは、ふぅと息《いき》をついた。菜緒《なお》は父《とう》さんをまじまじと見《み》た。こんなことはじめてだ。

「菜緒《なお》」

父《とう》さんがゆっくりと菜緒《なお》のほうをむく。菜緒《なお》はどきんとした。父《とう》さんの顔《かお》はすごくしんけんだった。

「なに？」

「菜緒《なお》は、旅人《たびびと》がだれか、さよばあちゃんからきいたのか？」

と、じっと菜緒《なお》を見《み》つめる。

「ううん、きいてない。だって、だれとも会《あ》わなかったんだもん。さよばあちゃんもわかんないみたいだったよ」

「そういうことじゃないんだ」

父《とう》さんは、信号《しんごう》のほうへ顔《かお》をもどした。

「まもなく橋《はし》だな」

と、シートベルトをしめなおす。信号《しんごう》が青《あお》にかわった。

「菜緒《なお》」

父《とう》さんがアクセルをふむ。

「うん？」

「ほたる道《みち》の旅人《たびびと》というのはな」

車《くるま》がスタートした。

「村《むら》では昔《むかし》から……死《し》んだ人《ひと》のことを、そうよんでいるんだ」

菜緒《なお》は息《いき》をのんだ。父《とう》さんはすこしこわばった顔《かお》で、ハンドルをにぎっている。

「おどろいたろう、菜緒《なお》」

なんていっていいかわからなかった。

菜緒《なお》は、ほたる道《みち》できいたおおぜいの声《こえ》や、くらやみにきえていった光《ひかり》を思《おも》いうかべた。おおぜいの声《こえ》をききながら、なんだかとても心地《ここち》よかったことや、光《ひかり》を見《み》おくりながら、さよばあちゃんといっしょに、息《いき》をすったりはいたりしたのも思《おも》い出《だ》した。

菜緒《なお》はほうっと息《いき》をはいた。

「こわくなったか」

父《とう》さんがいった。

車《くるま》が橋《はし》をわたりはじめる。

菜緒《なお》は、「ううん」と、首《くび》を横《よこ》にふった。

「びっくりしたけど、こわくないよ、父《とう》さん」

橋《はし》の下《した》の海《うみ》は、波頭《なみがしら》が白《しろ》くあわだっている。つらなる波頭《なみがしら》のずっと遠《とお》くに、おじいちゃんの村《むら》が小《ちい》さく見《み》える。

「そうだったんだ」

菜緒《なお》は遠《とお》くなっていく島《しま》を、じいっと見《み》つめた。

「そうなんだよ、菜緒《なお》や」

さよばあちゃんの声《こえ》が、耳《みみ》のそばできこえるような気《き》がした。

4. みすず

「朝《あさ》から、せみがよくなくねぇ」

おばあちゃんが、庭《にわ》でせんたくものをほしている。ぱんぱんと、しわをのばす音《おと》もする。菜緒《なお》は、はなれの縁側《えんがわ》にはらばいになって、夏休《なつやす》みのしゅくだいちょうを解《と》いていた。おじいちゃんの家《いえ》へやってきて、きょうでもう十日目《かめ》になる。

「菜緒《なお》や、きょうも海《うみ》へいくのかい」

さよばあちゃんがのぞきこんだ。

「うん、いくよ」

「平蔵《へいぞう》さんとこのまごと、いっしょだね」

「うん」

菜緒《なお》はうなずく。

夕《ゆう》べ、さよばあちゃんが、

「菜緒《なお》が、海《うみ》でいっしょにあそんでいるというのは、どこの子《こ》だろうね」

と、いったら、

「菜緒《なお》ちゃんがあそんでいる姉弟《きょうだい》なら、平蔵《へいぞう》さんとこのまごですよ。お姉《ねえ》ちゃんの方《ほう》が、菜緒《なお》ちゃんと、同《おな》じ年《とし》だってきいてます」

「そうそう、平蔵《へいぞう》さんとこも、町《まち》からまごがきておるんだ。三、四日《か》まえに、つれて歩《ある》いているのを見《み》かけたよ」

すぐに、おばあちゃんとおじいちゃんがこたえた。

「そうとわかっているなら安心《あんしん》だ。菜緒《なお》や、海《うみ》ではどこのだれと知《し》らないものには、気《き》をつけないといけないんだよ」

さよばあちゃんは、菜緒《なお》にいった。

「うん、わかった。そうする」

と　菜緒《なお》はうなずいた。

うしおちゃんとうしおちゃんの弟《おとうと》のかいくんとは、おととい海《うみ》で出会《であ》って、あっというまになかよくなっていた。うしおちゃんたちは、もう知《し》らない子《こ》じゃなかった。

昼《ひる》ごはんをすませて、菜緒《なお》は水着《みずぎ》にきがえた。タオルを首《くび》にかけて、うきわをもって、

「いってきまぁす」

と、げんかんを出《で》た。

「三時《じ》までには、海《うみ》から上《あ》がるんだよ、菜緒《なお》や」

さよばあちゃんは、毎日同《まいにちおな》じことをいう。

「はぁい」

と、菜緒《なお》も毎日返事《まいにちへんじ》をかえした。ほんとうは、菜緒《なお》はもっとおよいでいたかった。でも、三時《じ》になると村《むら》の子《こ》たちが、みんな海《うみ》から上《あ》がってしま

う。だれもいなくなると、海《うみ》はなぜだかこわかった。

午後《ごご》の最初《さいしょ》のバスさえ気《き》にかけていれば、時計《とけい》がなくても時間《じかん》がわかると、さよばあちゃんはいった。大橋《おおはし》行《い》きのバスが、海《うみ》のそばのバス停《てい》の浄《じょう》願寺前《がんじまえ》へくるのが、二時《じ》五十五分《ふん》。海岸線《かいがんせん》を二、三分走《ぷんはし》るバスは、海《うみ》からでもよく見《み》えた。

村《むら》の子《こ》たちがおよぐのは、〝かわじり〟というところにきまっていた。村《むら》を横《よこ》ぎる、はば四メートルあまりの川《かわ》が、海《うみ》へながれこんでいるところだ。底《そこ》がすな地《ち》で遠《とお》くまであさいし、近《ちか》くにはいそもある。はじめての日《ひ》から、菜緒《なお》はすっかり気《き》に入《い》った。

村《むら》にこんないいおよぎ場所《ばしょ》があったなんて、菜緒《なお》はちっとも知《し》らなかった。去年《きょねん》までは、お盆《ぼん》の三日間《かかん》しか村《むら》へきたことがなかったし、お盆《ぼん》のころには、海《うみ》でおよいでいる子《こ》はだれもいなかったからだ。おばあちゃんは、

「八月《がつ》も十日《か》をすぎると、波《なみ》は高《たか》くなるし、クラゲがどっとふえるのよ。

クラゲにさされちゃたまらんもんね」

と、いった。さよばあちゃんは、

「そればかりでもないんだが」

と、ふっとため息《いき》をついた。

〝かわじり〟には、村《むら》の子《こ》がおおぜいおよぎにきていた。けれど、一週《しゅう》間《かん》たっても、なかよくなるチャンスを、菜緒《なお》はつかめなかった。うしおちゃんも同《おな》じだったらしい。同《おな》じどうしで目《め》があって、すぐになかよくなったのだ。

すこし風《かぜ》があるけれど、雲《くも》一つない空《そら》に、お日《ひ》さまがぎんぎんかがやいている。家《いえ》を出《で》たとたん、からだがやけそうにあつかった。おもての道《みち》まで、庭《にわ》をつっきって走《はし》りながら、

「あれっ？」

と、菜緒《なお》はふりかえった。同《おな》じように走《はし》って、うしろからついてくる足音《あしおと》

が、きこえた気《き》がした。でも、うしろにはだれもいない。きのうもおととい もそうだった。菜緒《なお》は耳《みみ》をごしごしこすって、またかけ出《だ》した。はやく海《うみ》にとびこみたくて、村《むら》のほそい道《みち》もバス道《みち》も、ずっとかけつづけた。

うしおちゃんとかいくんは、先《さき》にきていた。すぐに菜緒《なお》を見《み》つけて、手《て》をふりまわして合図《あいず》をしてくれた。

「三時《じ》までには」

菜緒《なお》が声《こえ》を上《あ》げたら、

「海《うみ》から上《あ》がる」

うしおちゃんもさけびかえしてくる。きのうもおとといも、菜緒《なお》が同《おな》じことをいったからだ。菜緒《なお》とうしおちゃんとかいくんは、いっしょにわらいくずれた。

およぐのももぐるのも、どっちがはやいか、どっちがながく息《いき》がつづくか、くらべっこしてあそんだ。近《ちか》くの岩場《いわば》では、何回《なんかい》も何回《なんかい》も頭《あたま》からとびこむ練習《れんしゅう》をした。くたびれたら、菜緒《なお》のうきわでこうたいで、ゆらゆら波《なみ》のりをしてやすんだ。

気《き》がついたら、村《むら》の子《こ》たちがみんな、海《うみ》から上《あ》がろうとしている。

「あれぇ、もう三時《じ》かな」

目《め》じるしのバスをさがしたけれど、どこにも見《み》えない。とっくに村《むら》をはずれて、山《やま》のかげにかくれてしまったようだ。

「バスなんて、ぜんぜん見《み》てなかったもんな」

菜緒《なお》は、あんまりたのしくて、バスのことをすっかりわすれていたのだ。

「上《あ》がらなくっちゃ」

と、うしおちゃんに合図《あいず》した。うしおちゃんはうなずいて、すぐにかいくんと手《て》をつなぐ。菜緒《なお》も、かいくんのもうかたほうの手《て》をとって、三人《にん》はざぶざぶと水《みず》をかきわけて、岸《きし》にむかった。

岸《きし》に上《あ》がると、

「海《うみ》から上《あ》がったから、もうだいじょうぶ。いそでシタダミとりをしようよ」

うしおちゃんがいその岩場《いわば》をゆびさした。

「シタダミ。それ、なに？」

菜緒《なお》が目《め》をみはる。かいくんが、

「貝《かい》だよ」

と、すぐにいった。

「食《た》べられるの？」

「もちろんだよ。おいしいよ。ぼくもおねえちゃんも、だぁいすきだもん。夕《ゆう》がたになると波《なみ》がしずかになって、しおもひいて、岩《いわ》にいっぱいシタダミがはい上《あ》がってくるよ」

かいくんはうれしそうに、岩場《いわば》のほうを見《み》る。菜緒《なお》はもっと目《め》を見《み》はって、

「よく知《し》ってるねぇ、かいくん」

「それぐらいは、知《し》ってるよ」

「それぐらい、じゃないよぉ。すごぉいよ」

シタダミなんて貝《かい》は、菜緒《なお》は見《み》たこともきいたこともない。どんな貝《かい》か見《み》てみたかった。

「けど、入《い》れものがない」

菜緒《なお》が、どうしよう、と首《くび》をかしげたら、

「タオルをむすびあわせれば、入《い》れものにできるよ」

いいながら、うしおちゃんが菜緒《なお》のタオルをもってくる。二カ所《しょ》むすびあわせて、ふくろにした。

「頭《あたま》いいなぁ、うしおちゃん」

菜緒《なお》は感心《かんしん》して、見《み》ているばかりだった。

ふくろをもっていそにいって、

「シタダミが上《あ》がってくるまで、アオサをとってほしとこうか」

またまたうしおちゃんが、菜緒《なお》のわからないことをいった。

「アオサ？　アオサって、なあに？　ほしてどうするの」

「ほして食《た》べるんだよ」

と、かいくんがいう。

「ええ、食《た》べるの？」

菜緒《なお》がさけんでいるあいだに、うしおちゃんは、みどり色《いろ》のきれいな海《かい》草《そう》を、海《うみ》の中《なか》からつみとってきた。

「これが、アオサ。こうやって、ほすの」

と、ていねいにひろげて岩《いわ》にはりつける。かいくんもつみとってきて、岩《いわ》にはりつけた。菜緒《なお》はおそるおそる、岩場《いわば》から海《うみ》をのぞきこんだ。アオサは、岩《いわ》にしがみつくようにしてはえていて、みどり色《いろ》のひだが、ゆらゆらとゆれている。手《て》をのばしたら、かんたんにつみとることができた。

「アオサがかわくまで、ほかのことしてあそぼう。シタダミは、まだ上《あ》がってこないからね」

うしおちゃんが、岩《いわ》のあいだをのぞきこんで、菜緒《なお》を手《て》まねきでよぶ。いその岩《いわ》にかこまれた小《ちい》さなしおだまりの水《みず》の中《なか》で、小魚《こざかな》が二ひき、あわててかくれるのが見《み》えた。

「あそこに、小《ちい》さいかにもいる」

かいくんがゆびさした。

「あのトゲトゲしてるのは、うに」

うしおちゃんもゆびさす。菜緒《なお》は、「すごい」「すごい」と、からだをのり出《だ》した。まるで水族館《すいぞくかん》のようだった。

かみの毛《け》も水着《みずぎ》もかわきかけたころ、シタダミが岩《いわ》をはい上《あ》がってきた。貝《かい》とりをはじめる前《まえ》に、菜緒《なお》は生《なま》がわきのアオサを食《た》べてみた。しおからくてなまぐさくて、海《うみ》のにおいがする。うしおちゃんとかいくんは、おいしいといったけれど、菜緒《なお》はぜんぜんおいしくなかった。あっというまに食《た》べてしまったうしおちゃんたちに、こっそりため息《いき》がもれた。シタダミという貝《かい》も、おいしいかどうかあやしい気《き》がした。

でも菜緒《なお》は、シタダミとりにむちゅうになった。つぎからつぎに、いくらでもとることができた。シタダミは小《ちい》さいまき貝《がい》だった。すぐに手《て》がとどくところまで、はい上《あ》がってきていて、水《みず》より上《うえ》へ上《あ》がってくる貝《かい》まであった。

「こんなにいっぱい、とれちゃった」

菜緒《なお》のタオルのふくろが、いっぱいになった。これ以上《いじょう》は一つも入《はい》らないぐらい、こぼれそうになっている。

「きょうはこれでおしまい」

かいくんがいった。

「かえろうか」

うしおちゃんもいった。うなずきながら顔《かお》をあげた菜緒《なお》は、

「うわぁ、きれいだぁ」

と、さけんだ。海《うみ》が赤《あか》や金色《きんいろ》にそまっている。海面《かいめん》がゆったりとうねるたびに、キラキラとかぞえきれない光《ひかり》がきらめく。しずみかけている夕日《ゆうひ》は、くっきりとまるく、まっ赤《か》な大《おお》きいボールのように見《み》えた。

〝かわじり〟からバス道《みち》へ出《で》たら、菜緒《なお》とうしおちゃんたちとは、右《みぎ》と左《ひだり》にわかれる。

「またあしたね」

菜緒《なお》はシタダミをかかえて、手《て》をふった。

「きっとよ」

「やくそくだよ」

うしおちゃんとかいくんは、菜緒《なお》が何回《なんかい》ふりかえっても、同《おな》じ場所《ばしょ》に立《た》って、ずっと手《て》をふっていた。「きっとよぉ」「やくそくだよぉ」というの

も、何回《なんかい》もきこえた。

「菜緒《なお》や」

おじいちゃんの家《いえ》の前《まえ》の道《みち》で、さよばあちゃんが菜緒《なお》を待《ま》っていた。

「あんまりおそいから、海《うみ》までいこうかと思《おも》っていたところだよ」

さよばあちゃんは近《ちか》づいてきながら、菜緒《なお》が貝《かい》をもっているのを見《み》て、顔《かお》がほころんだ。

「シタダミをとっていたのかい」

「うん。三時《じ》には海《うみ》から上《あ》がったよ」

「そうかい。しかし、シタダミがよくわかったね」

「うしおちゃんたちに、おしえてもらったの」

菜緒《なお》はむねをはった。

「うしおちゃん？」

さよばあちゃんが、シタダミから目《め》を上《あ》げた。

「いっしょにあそんでる子《こ》だよ」

「平蔵《へいぞう》さんとこのまごは、うしおちゃんというのかい？」

と、首《くび》をかしげる。

「そうだよ。どうしたの？　さよばあちゃん」

さよばあちゃんは、ちょっと考《かんが》える顔《かお》をした。でもすぐに、

「いいや、どうってわけじゃないんだが」

と、かしげていた首《くび》をふって、

「平蔵《へいぞう》さんのまごなら、うしおって名前《なまえ》ももっともだと思《おも》ってね」

と、うなずいた。

「ふうん、どうして？」

「うしおといえば海《うみ》の水《みず》のことだ。平蔵《へいぞう》さんはりょうしだからね。まごの名前《なまえ》も、海《うみ》からもらってつけたんだろうよ」

「そっかぁ。それじゃ、うしおちゃんたちは、シタダミやアオサのこと

を、きっとおじいちゃんにおしえてもらったんだ。ほかのこともなぁんでも知《し》ってるんだもん。すごいんだよ」

「どうやら平蔵《へいぞう》さんは、まごをしっかりと海《うみ》っ子《こ》にしこんでいるようじゃないか」

家《いえ》へむかいながら、菜緒《なお》は、きょうあそんだことをつぎつぎに話《はな》した。話《はな》しても話《はな》しても、また話《はな》すことが思《おも》いうかんだ。

おじいちゃんはシタダミを見《み》て、

「おっ、これはありがたい」

と、いった。おばあちゃんも、

「あら、今夜《こんや》はごちそうね」

と、すぐにゆでるじゅんびをはじめた。

菜緒《なお》は、海水《かいすい》でべたべたするからだを、すっかりあらいながした。おふろから上《あ》がってから、さよばあちゃんに、また海《うみ》のあそびのつづきの話《はなし》をする。さよばあちゃんは、ゆで上《あ》がった貝《かい》の身《み》を、はりの先《さき》でとり出《だ》しながら、どんな話《はなし》もうなずきながらきいてくれた。

「これを、酢《す》みそであえると、うまいんだ」

おじいちゃんは、ときどきのぞきにきて、ごくっとのどをならした。

シタダミは、おいしい貝《かい》だった。でも、全部《ぜんぶ》ってわけじゃなかった。

「先《さき》っぽのにがいところ、おいしくなぁい」

菜緒《なお》が顔《かお》をしかめたら、

「このにがいのがうまいんだよ、菜緒《なお》ちゃん。ここのうまさがわからんうちは、おとなにはなれんぞ」

おじいちゃんが、おいしそうに食《た》べて見《み》せる。でも菜緒《なお》は、どうしても食《た》べられなかった。にがいところをのこしながら、うしおちゃんとかいくんを、やっぱりすごい、と思《おも》った。

毎日毎日《まいにちまいにち》、菜緒《なお》はうしおちゃんとかいくんといっしょに、海《うみ》であそんだ。家《いえ》からバケツをもっていって、シタダミも毎日《まいにち》とってかえる。うしおちゃんたちと海《うみ》であそんでいると、くらくなるのも気《き》にならない。すこしずつ、かえる時間《じかん》がおそくなっていたけれど、菜緒《なお》はもっといっしょにあそんでいたいぐらいだった。

「菜緒《なお》やぁ」

何日目《なんにちめ》かに、とうとうさよばあちゃんが、〃かわじり〃まで菜緒《なお》をむかえにきた。菜緒《なお》は、海《うみ》に手《て》をつっこんで、岩《いわ》はだをさぐっているところだった。バケツは半分《はんぶん》よりもっと上《うえ》まで、シタダミでいっぱいになっている。顔《かお》を上《あ》げて、

「さよばあちゃあん」

菜緒《なお》はもう一方《いっぽう》の手《て》をふった。あたりはうすぐらくなりはじめている。

「うしおちゃん、かいくん、わたしのひいおばあちゃんだよ」

菜緒《なお》はそばにいる二人《ふたり》にいった。二人《ふたり》はいっしょに、さよばあちゃんのほうを見《み》てうなずいた。バス道《みち》から川《かわ》の土手《どて》におりたさよばあちゃんは、菜緒《なお》たちのいるいそのほうへ、小走《こばし》りでやってくる。

うしおちゃんとかいくんが、するりと立《た》ち上《あ》がる。

「さいごの一こ。大《おお》きいのだった」

菜緒《なお》も、さぐっていた手《て》にシタダミをにぎって、からだをおこす。さよばあちゃんが岩場《いわば》のむこうで、立《た》ちどまった。

「いこう、うしおちゃん、かいくん」

菜緒《なお》はバケツをもって、岩《いわ》をつたいはじめた。

「うーんしょ」

バケツはおもかった。

「どっこいしょ」

菜緒《なお》の声《こえ》だけがして、さよばあちゃんもうしおちゃんたちも、なにもい

わない。菜緒《なお》は顔《かお》を上《あ》げて、さよばあちゃんを見《み》た。さよばあちゃんはのり出《だ》すようにして、菜緒《なお》のうしろをじっと見《み》ていた。

「うしおちゃんとかいくんだよ」

バケツをもったまま、菜緒《なお》はうしおちゃんたちをふりかえる。二人《ふたり》は、さっきと同《おな》じところにつっ立《た》っていた。

「どうしたの？　はやくいこう」

菜緒《なお》がいったら、さよばあちゃんが、

「いいから、菜緒《なお》はこっちへおいで」

と、手《て》まねきをした。いつもとちがう、ひくくてこわばった声《こえ》だった。

ようやく菜緒《なお》は、岩場《いわば》をぬけ出《だ》した。さよばあちゃんが、菜緒《なお》に手《て》をさし出《だ》してまっている。うしおちゃんたちをじっと見《み》たままだ。菜緒《なお》が手《て》をつなぐと、いたいぐらいにぎりしめて、

「ひさしぶりだねぇ」

と、二人《ふたり》にいった。

「うん」

二人《ふたり》はいっしょにうなずいた。菜緒《なお》は、さよばあちゃんとうしおちゃんたちを、見《み》くらべて、

「なぁんだ、知《し》ってたの」

と、声《こえ》を上《あ》げた。うしおちゃんがまたうなずく。さよばあちゃんもうなずいて、

「八十年《ねん》ばかり前《まえ》に、いっしょにあそんだことがあるんだよ」

と、いった。菜緒《なお》は、「えっ」とさよばあちゃんを見《み》て、

「八十年《ねん》？」

と、顔《かお》をしかめた。さよばあちゃんは、目《め》を大《おお》きく見《み》ひらいていた。

海《うみ》のさいごのうす明《あ》かりが、きえさっていく。あたりがいっそうくらくなった。うしおちゃんとかいくんの顔《かお》が、よく見《み》えない。でも、菜緒《なお》は、

うしおちゃんがわらっているような気《き》がした。かいくんも、うしおちゃんにしがみついて、やっぱりわらっているようだった。

「さよのひまごだったんだね」

うしおちゃんがいった。

「さよと菜緒《なお》」

かいくんがいった。

「じゅうぶんあそんだだろ。もうおかえり」

さよばあちゃんが一歩前《いっぽまえ》へ出《で》た。

「かえるよ」

「たのしかった」

うしおちゃんとかいくんは、あとずさる。

「ほんとは、もうちょっとあそびたかったけどね」

いきなりくるりと背中《せなか》をむけた。そのまま、

「菜緒《なお》、さよなら」

「さよなら、さよ」

二人《ふたり》はいっしょに、海《うみ》へとびこんだ。

菜緒《なお》はひめいを上《あ》げた。

「うしおちゃんっ。かぁいくん」

さけんで岩場《いわば》へかけもどる。

海《うみ》はくらかった。いそにぶつかる波《なみ》が、ざぶんさぶんとさわいでいる。

ほかにはどんな音《おと》もきこえてこなかった。こんなに、あっというまに、うしおちゃんとかいくんがいなくなるなんて、菜緒《なお》はしんじられなかった。

「さよばあちゃんっ」

すがるように、さよばあちゃんをふりかえった。でも、さよばあちゃんは、

「これでいいんだよ、菜緒《なお》や。あの子《こ》たちも、かえるところへかえったたん

だからね」

と、いつものゆったりした声《こえ》でいった。

菜緒《なお》はかちかちとおく歯《ば》がなった。知《し》らないうちにからだがふるえて、なみだが出《で》てきそうだった。

夕《ゆう》ごはんのとき、

「菜緒《なお》ちゃん、あしたは父《とう》さんと母《かあ》さんがくるね」

と、おばあちゃんがカレンダーを見上《みあ》げた。

「まっ黒《くろ》にひやけした菜緒《なお》ちゃんを見《み》て、きっとびっくりするだろうよ」

菜緒《なお》を見《み》て、おじいちゃんは目《め》をほそくしてわらう。さよばあちゃんは、

「お盆《ぼん》だねぇ。海《うみ》あそびはもう終《お》わりにしないとね、菜緒《なお》や」

と、ごくんとお茶《ちゃ》をのんだ。

海《うみ》からの帰《かえ》り道《みち》みち、さよばあちゃんは、菜緒《なお》にみすずの話《はなし》をしてくれた。はじめてきく話《はなし》だった。

「わたしは、みすずというのは、海《うみ》にすむカッパじゃないかと思《おも》っているんだよ」

と、さよばあちゃんはいった。

「海《うみ》にすむカッパ？」

「そうだよ。カッパには、川《かわ》にすむカッパと海《うみ》にすむカッパがいるというからね」

さよばあちゃんはわらっていた。

「何百年《なんびゃくねん》も昔《むかし》、この村《むら》のお寺《てら》に、どんなひどいけがでもなおす、秘薬《ひやく》があったというよ。おかげで、おおぜいの人《ひと》がたすけられたそうだ。その秘薬《ひやく》は、みすずが浄願寺《じょうがんじ》のおぼうさまにさし出《だ》したものだったらしいよ。もっとも、信心《しんじん》ぶかくてさし出《だ》したわけじゃない。おぼうさまのキモをとろうと、海《うみ》からやってきたものの、しくじって手首《てくび》をきりとられ、その手首《てくび》とこうかんに、秘薬《ひやく》をさし出《だ》したってわけなんだよ」

さよばあちゃんは、子《こ》どものころに浄願寺《じょうがんじ》の住職《じゅうしょく》さんからきいた、村《むら》の伝説《でんせつ》だといった。

「八十年前《ねんまえ》、夏《なつ》がすぎてあの子《こ》たちが人《ひと》の子《こ》じゃないとわかったとき、このみすず伝説《でんせつ》が村《むら》をふるわしたのよ」

菜緒《なお》は目《め》をみはって、さよばあちゃんを見《み》つめた。

「たのしかったねぇ、あの夏《なつ》は。あの子《こ》たちとあそぶのは、ほんとうにおもしろかった。どんなに大《だい》すきで、なかよくなったことか」

菜緒《なお》はだまってうなずいた。菜緒《なお》だって、家《いえ》へかえるのをわすれるぐらい、たのしかったのだ。ずうっといっしょにいたいぐらい、うしおちゃんとかいくんが大《だい》すきだった。

「だが、八月《がつ》も終《お》わるころに、わたしが村《むら》のみんなにあの子《こ》たちとあそん

だことを話《はな》したら、村《むら》じゅう大《おお》さわぎになってね。みんなで、わたしが一《ひと》人《り》で海《うみ》をうろつくのを、おかしいと思《おも》っていたというのよ」

さよばあちゃんは、一人《ひとり》じゃなかったと、いっしょうけんめいに話《はな》したらしい。でも、うしおちゃんたちのことを話《はな》せば話《はな》すほど、さわぎはますます大《おお》きくなって、とうとう浄願寺《じょうがんじ》の住職《じゅうしょく》さんが、みすず鎮《しず》めのおまいりまでしたそうだ。

「つまり、あの子《こ》たちはだれにも見《み》えなかったってことだよ。あの子《こ》たちが、みすずだったかどうかはわからないが、ほかのだれにも見《み》えない子《こ》どもが、人《ひと》の子《こ》であるはずはないだろ」

菜緒《なお》は、ごくりとつばをのみこんだ。〝かわじり〟でおよいでいた村《むら》の子《こ》たちも、菜緒《なお》が一人《ひとり》であそんでいると、思《おも》っていたのだろうか。

「もしあのままあの子《こ》たちとあそびつづけていたら、やがてわたしは自分《じぶん》の家《いえ》へかえらずに、あの子《こ》たちといっしょに、海《うみ》へかえっていってしまったかもしれないよ。そうなっていれば、いまこうしてここで、菜緒《なお》といることはできなかっただろうねぇ」

さよばあちゃんは、菜緒《なお》のかたをだきよせた。

「わたしがあの子《こ》たちとあそばなくなったのは、ひどいハシカにかかったからなんだよ。半月《はんつき》あまりも海《うみ》へいけなかった。そのあいだに盆《ぼん》も終《お》わって、海《うみ》であそぶ時期《じき》はとっくにすぎていたのさ。それきりあの子《こ》たちは、この村《むら》へやってこなかった」

と、くらい海《うみ》をふりかえった。

「村《むら》の子《こ》どもたちは、もともと海《うみ》では用心《ようじん》ぶかいんだよ。みすずの伝説《でんせつ》があるからね。わたしは、めずらしがりのひみつずきで、親《おや》におこられてばかりだった。村《むら》の子《こ》たちがいまでも、海《うみ》ではよその子《こ》どもとなかなかあそぼうとしないのは、あの夏《なつ》のことのせいもあるのさ。あれから、海《うみ》から上《あ》がるのもはやくなったからね」

菜緒《なお》は、三時《じ》になると、さっさと海《うみ》から上《あ》がっていった村《むら》の子《こ》どもたちが思《おも》いうかんだ。

「さっき、平蔵《へいぞう》さんが用《よう》があって、うちへきたんだよ。まごのことをきいたら、一週間《しゅうかん》も前《まえ》にかえっていったっていうじゃないの。そのうえ、平蔵《へいぞう》さんは、あんたとこのまごは、毎日一人《まいにちひとり》でいそをうろついているが、あれは感心《かんしん》せん、なんていいだしてね。わたしは、ぶんなぐられたような気《き》がしたよ。うしおちゃんときいたときに、はて、と思《おも》ったんだが、てっきり、平蔵《へいぞう》さんとこのまごだと、思《おも》いこんでいたからね。平蔵《へいぞう》さんをほっぽらかして、家《いえ》をとび出《だ》してきたのさ」

さよばあちゃんは、ゆっくりと海《うみ》に背《せ》をむけた。菜緒《なお》は、ふかい息《いき》をほうっとはいた。

「大漁《たいりょう》じゃないの」

さよばあちゃんが、バケツをのぞきこむ。

「うしおちゃんとかいくんが、手伝《てつだ》ってくれたから」

菜緒《なお》は、シタダミをじっと見《み》た。小《ちい》さい石《いし》ころのように見《み》える。さよばあちゃんは、バケツの柄《え》を半分《はんぶん》もちながら、

「八十年《ねん》もたって、また友《とも》だちをさがしにやってくるなんて、人《ひと》ではないものたちにも、さみしくてたまらなくなるときがあるのかねぇ」

と、いった。

くらい海《うみ》をふりかえって、

「バイバイ、うしおちゃん、かいくん」

菜緒《なお》はつぶやいた。

「わたしも、たのしかったよ」

波《なみ》の音《おと》が高《たか》くなっていた。


よく日《じつ》、父《とう》さんと母《かあ》さんがいっしょに島《しま》へやってきた。村《むら》は、お盆《ぼん》でか

えってきた人《ひと》たちで、きゅうににぎわった。

〝かわじり〟には、もうだれもおよいでいない。海《うみ》の波《なみ》は高《たか》く、クラゲのむれが海岸《かいがん》に近《ちか》づいている。

5. 庭ぼっこ

十一月《がつ》の半《なか》ばすぎ、学校《がっこう》のふりかえ休《きゅう》日《じつ》と土日《どにち》の三連休《れんきゅう》に、菜緒《なお》はまた一人《ひとり》でおじいちゃんの家《いえ》へやってきた。冬《ふゆ》がま近《ぢか》いおじいちゃんの村《むら》は、つめたい風《かぜ》にゆれていた。

かれ葉《は》は何度《なんど》も空高《そらたか》くまい上《あ》がり、夏《なつ》にはあんなに青《あお》かった海《うみ》が、なまり色《いろ》にかわっていた。海岸《かいがん》をおそう白《しろ》い波《なみ》は、むき出《だ》した歯《は》のようにあらあらしかった。

夜《よる》になって、風《かぜ》はもっとつよくなった。菜緒《なお》はふとんの中《なか》で、落《お》ち葉《ば》がふきよせられる音《おと》をききながら、いつのまにかねむっていた。

つぎの日《ひ》は、きのうの風《かぜ》がうそのようなしずかな朝《あさ》だった。庭《にわ》は、さくらの木《き》のまっ赤《か》な落《お》ち葉《ば》で、地面《じめん》が見《み》えないぐらいになっている。

菜緒《なお》とさよばあちゃんは、落《お》ち葉《ば》そうじをすることにした。

「たき火《び》をたいて、いもでもやくかね」

さよばあちゃんは菜緒《なお》を見《み》て、きゅっとえくぼをひっこめた。菜緒《なお》はぴょんとはねてうなずいた。たき火《び》でさつまいもをやくなんて、はじめてだ。

おじいちゃんとおばあちゃんは、村長《そんちょう》さんの家《いえ》へ出《で》かけている。おじいちゃんの家《いえ》が、県《けん》の文化財《ぶんかざい》にきまりそうだと、けさ電話《でんわ》がかかってきたからだ。さよばあちゃんは、

「ごくろうさんだねぇ」

と、見《み》おくった。おじいちゃんは、

「やっかいなことだ」

と、いいながら、おばあちゃんと見《み》あわせた顔《かお》はほころんでいた。菜緒《なお》も思《おも》いきりいい顔《かお》で、

「いってらっしゃぁい」

と、手《て》をふった。

物置《ものおき》へ、竹《たけ》ぼうきをとりにいったさよばあちゃんが、

「菜緒《なお》や、きてごらん」

と、よんでいる。菜緒《なお》が走《はし》っていくと、戸《と》の前《まえ》で、さよばあちゃんが、かがみこんでいた。

「どうしたの」

声《こえ》をかけたとたん、戸《と》のかげからなにかがとび出《だ》した。物置《ものおき》と納屋《なや》のあいだへ、ぴゅっと走《はし》りこむ。あんまりはやすぎて、小《ちい》さいかたまりにしか見《み》えなかった。

「いまの、なに？」

菜緒《なお》がのり出《だ》したら、

「はずかしがりのくせに、いたずらものでね」

さよばあちゃんは、わらってふりむいた。

「なにかにげてったよね」

「ああ、にげてった」

「前《まえ》にも、おんなじことがあったよ。なに？　なんだったの、さよばあちゃん」

「さて、なんだったろうね。わたしにもよく見《み》えなかったよ。ねこだったか、ねずみだったか、いたちだったのか、さて」

いいながら、菜緒《なお》に竹《たけ》ぼうきをわたしてくれる。菜緒《なお》は物置《ものおき》と納屋《なや》のあいだをのぞいてみた。にげこんだものは、もうどこにもいなかった。

バケツに二はいもの水《みず》をそばにおいて、

「火事《かじ》になったら、たいへんだものね」

と、いいながら、さよばあちゃんは、はきあつめた落《お》ち葉《ば》に火《ひ》をつけた。落《お》ち葉《ば》のまん中《なか》には、ぬらした新聞紙《しんぶんし》でつつんださつまいもを、ほうりこんである。けむりが、母屋《おもや》のかやぶき屋根《やね》をはい上《あ》がった。

ごごん　ごごごん

どこかで、ドラムかんをたたくような音《おと》がした。菜緒《なお》とさよばあちゃんは、顔《かお》を見《み》あわせた。「もしかして」と、菜緒《なお》は思《おも》った。まっ白《しろ》いけむりが、またひとかたまりになって、屋《や》根《ね》をはい上《あ》がった。

ごごん　ごごごん

さよばあちゃんが、かたをすくめた。

「やしきぼうずだよ。せきこんでるらしいね」

と、ささやく。

「きっと、けむたいんだ」

菜緒《なお》もひそひそ声《ごえ》でいった。そぉっと、屋根《やね》を見上《みあ》げたけれど、姿《すがた》はどこにも見《み》えなかった。

落《お》ち葉《ば》がもえ終《お》わると、さよばあちゃんは、木《き》のぼうを使《つか》って、はいの中《なか》からやきいもをつつき出《だ》した。

「さよばあちゃんとおじいちゃんとおばあちゃんとわたし」

と、菜緒《なお》はゆびをおってから、

「一こおおいよ」

と、首《くび》をかしげた。やきいもは、五こもある。

「そうか。もう一こは、やしきぼうずにあげるんだ」

と、ちらっと屋根《やね》を見上《みあ》げた。でも、さよばあちゃんは、

「けむたい思《おも》いをさせてわるかったんだが、このいもは、やしきぼうずのじゃないんだよ」

と、菜緒《なお》に軍手《ぐんて》をわたしてくれる。さよばあちゃんも軍手《ぐんて》をはめて、おじいちゃんとおばあちゃんのやきいもを、ざるにとる。菜緒《なお》とさよばあちゃんも、一つずつ手《て》にもった。あとの一つは、まだはいの中《なか》にある。菜緒《なお》は、はいの中《なか》のやきいもとさよばあちゃんを、そわそわと見《み》くらべた。でも、さよばあちゃんは、手《て》にもったやきいもをじっと見《み》ていて、

「いいぐあいに、やけてそうだよ」

いいながら半分《はんぶん》にわった。金色《きんいろ》の身《み》から、ほわりとゆげが立《た》ち上《あ》がる。うっとりするぐらいあまいにおいがして、菜緒《なお》は口《くち》の中《なか》につばがわいてきた。

「これは、うまそうだ」

さよばあちゃんが、ほふっとかぶりつく。菜緒《なお》もあわてて半分《はんぶん》にわっ

て、ほくっとかぶりついた。やわらかい身《み》が口《くち》いっぱいにひろがって、のどのおくへゆぅるりとおりていく。

「あまーい」

これまで食《た》べたどのやきいもよりも、だんぜんあまくておいしかった。ほふほく、ほふほくとむちゅうで食《た》べて、またたくまにさいごの一口《ひとくち》をのみこんだ。

はいの中《なか》のさつまいもをとり出《だ》して、菜緒《なお》とさよばあちゃんは、たき火《び》のあとにバケツの水《みず》を何回《なんかい》もかけた。たき火《び》はすっかりかたづいた。

「さて、このやきいもだが」

さよばあちゃんが、よぶんの一つをてのひらにのせた。

「どうするの」

と、菜緒《なお》がいったら、だまって新聞紙《しんぶんし》をはがしはじめた。菜緒《なお》は、三回《かい》もつづけてまばたきをした。さよばあちゃんは、すましてはがしつづける。

はがし終《お》わるとそのまま、さくらの木《き》のむこうへ歩《ある》いていく。つき山《やま》のすそまでいって、石《いし》どうろうの中《なか》にやきいもを入《い》れて、ひきかえしてきた。

「なになに？　どうしたの？」

菜緒《なお》は首《くび》をかしげて、さよばあちゃんを見《み》つめた。

「いいから、待《ま》っててみようじゃないの」

菜緒《なお》のかたをぽんとたたいて、さよばあちゃんは家《いえ》に入《はい》っていく。

「なにを待《ま》つの？」

石《いし》どうろうをふりかえりながら、菜緒《なお》もあとからついていった。

げんかんの戸《と》をすこしあけて、さよばあちゃんが庭《にわ》をのぞく。菜緒《なお》もいっしょに庭《にわ》をのぞいて、

「あ」

まもなく目《め》をこすった。

目《め》の前《まえ》をちょうがとんでいる。もう一度《いちど》目《め》をこすったけれど、やっぱり

ほんものだ。ひらひらと庭《にわ》をとびまわっている。黒《くろ》っぽく見《み》える、とても大《おお》きいちょうだ。

「メスのオオムラサキのようだね」

さよばあちゃんがささやいた。ちっともおどろいていない。まるで、まっていたようないいかただ。

「こんなさむいのに」

菜緒《なお》は、庭《にわ》をとびまわるちょうが、しんじられなかった。

「なんにだってなれるからって、きせつちがいの虫《むし》じゃ、かえって目立《めだ》つっていうのにさ」

わらい出《だ》しそうな声《こえ》で、さよばあちゃんがいう。菜緒《なお》はびっくりして、さよばあちゃんを見《み》つめた。なにをいっているのかわからなかった。

「へんだと思《おも》わないかい？　菜緒《なお》や」

もちろんへんにきまっていた。

「思《おも》い出《だ》さないかい？」

さよばあちゃんの目《め》じりが下《さ》がっている。菜緒《なお》が首《くび》をかしげたら、

「竹《たけ》ぼうきをとりに物置《ものおき》へいったら、どこをさがしても、ほうきが見《み》つからないじゃないの。やきいもをやくんだよ、といってみたら、いつのまにか戸口《とぐち》にほうきがあったのさ。これで、どうだい？」

菜緒《なお》は目《め》をみはって、「あっ」と思《おも》った。ほうきやちりとり、くわやかま、農作業用《のうさぎょうよう》のビニールシートや一輪車《いちりんしゃ》まで、ときどきかくしたり、またもとにもどしたりするもの。おじいちゃんの家《いえ》の庭《にわ》にいるもの。

「もしかして、もしかして」

いい出《だ》そうとしたら、さよばあちゃんはほおをゆるませて、かた目《め》をつぶった。

「庭《にわ》ぼっこ？」

菜緒《なお》の声《こえ》が大《おお》きくなるのを、「しい」となだめて、

「ようやく思《おも》い出《だ》したようだね、菜緒《なお》や」

さよばあちゃんは、横目《よこめ》でちらっと菜緒《なお》を見《み》た。

菜緒《なお》は、あわててまたちょうをさがした。石《いし》どうろうのすぐ上《うえ》を、まわりながらとんでいる。ふいに見《み》えなくなって、それきり待《ま》っても待《ま》ってもちょうはとび立《た》たなかった。

待《ま》ちくたびれて、菜緒《なお》が石《いし》どうろうをのぞきにいったら、さよばあちゃんが入《い》れたやきいもは、いつのまにかなくなっていた。


「今年《ことし》のうちに、この家《いえ》は正式《せいしき》に県《けん》の文化財《ぶんかざい》になるそうだ」

夕《ゆう》ごはんのとき、おじいちゃんがいった。菜緒《なお》は思《おも》わず、

「ばんざぁい」

と、両手《りょうて》を上《あ》げた。さよばあちゃんも、「そうかい、そうかい」と、何回《なんかい》もうなずいた。おばあちゃんの顔《かお》もほっこりしている。

ふとんに入《はい》ってから、

「菜緒《なお》や、こんやは待《ま》ってみようじゃないか」

と、さよばあちゃんがいった。

「なにを待《ま》つの、さよばあちゃん」

「もちろん、やしきぼうずをさ」

さよばあちゃんの声《こえ》は、もうくぐもっていた。ふとんにもぐりこんだのだ。菜緒《なお》もすぐにもぐりこんだ。

「この家《いえ》のことが正式《せいしき》にきまったんだ。きょうみたいな日《ひ》に、やしきぼうずがおとなしくしているはずがないじゃないの」

「そっか。そうだね、さよばあちゃん」

菜緒《なお》とさよばあちゃんは、じっとやしきぼうずが歩《ある》きはじめるのを待《ま》った。

ずっすん

はなれの床《ゆか》までひびく音《おと》がした。

「さよばあちゃん」

菜緒《なお》がよんだら、

「はじまったね。こんやはそうぞうしくなるだろうよ、菜緒《なお》や」

さよばあちゃんが、いい終《お》わらないうちに、また、

ずず　ずっすん

と、床《ゆか》がなりひびいた。それからがたいへんだった。

ずっすん　ずっすん

ずず　ずっすん
ずっすん　ずっすん
ずず　ずっすん

まるで、おどっているようなリズムのとりかただった。菜緒《なお》とさよばあちゃんも、やしきぼうずにつられて、ふとんの中《なか》でからだをゆすりつづけた。


菜緒《なお》がかえる朝《あさ》。まっ青《さお》な空《そら》の、秋晴《あきば》れの日《ひ》になった。おばあちゃんとさよばあちゃんが、おじいちゃんの車《くるま》のそばに立《た》っている。

「こんどは、冬休《ふゆやす》みだね、菜緒《なお》や」

車《くるま》にのりこむ菜緒《なお》に、さよばあちゃんがいった。

「うんっ」

菜緒《なお》はうなずいて、

「やしきぼうずと庭《にわ》ぼっこに、よろしくいってね」

と、ささやいた。

おじいちゃんがシートベルトをしめる。車《くるま》がゆっくりと発車《はっしゃ》した。

まどから顔《かお》を出《だ》してふりかえった菜緒《なお》は、

「あっ」

と、小《ちい》さく声《こえ》をあげた。

さよばあちゃんとおばあちゃんのうしろに、黒《くろ》っぽい大《おお》きなちょうがとんでいる。見《み》ているうちに、母屋《おもや》の大屋根《おおやね》にむかって、ひらひらとのぼりつめていく。それといっしょに、ゴン、とおなかにひびく音《おと》がきこえた。

さよばあちゃんの口《くち》が、「おや、まぁ」とうごいて、ゆっくりと横《よこ》にひろがった。菜緒《なお》も、こみあげてくるわらいにふるえそうになりながら、まどからのりだして両手《りょうて》をふった。

文

竹内 もと代●たけうち もとよ

石川県生まれ、奈良県橿原市在住。近畿大学農学部卒業。『不思議の風ふく島』（小峰書店）で、第26回日本児童文芸家協会賞、第49回産経児童出版文化賞フジテレビ賞を受賞。作品に『あっぱれじいちゃん』（小峰書店）、『時をこえてスクランブル』（国土社）、『日曜日のテルニー』（学習研究社）、『小道の神さま』（アリス館）などがある。日本児童文芸家協会、日本児童文学者協会会員。プレアデス同人。

絵

こみね ゆら

熊本市生まれ。東京芸術大学油画・同大学院修了。フランス政府給費留学生として渡仏後、8年半滞在。『さくらこのたんじょう日』（宮川ひろ＝文／童心社）で、2005年日本絵本賞を受賞。近刊の絵本に『トトコのおるすばん』（ハッピーオウル社）、『はだかの王さま』（小学館）、フランスでも『CONTES DE LA LUNE』（コーザ・ベレリ＝文／seuil）を出版。挿絵に『すきまのおともだちたち』（江國香織＝文／白泉社）、『えりなの青い空』（あさのあつこ＝文／毎日新聞社）など。

菜緒のふしぎ物語

発行　2006年3月3日 初版発行
2014年7月15日 第7刷

文 ──── 竹内 もと代
絵 ──── こみね ゆら
デザイン ── 細川 佳
編集人 ─── 山口 郁子

発行人 ── 小林 佑
発行所 ── アリス館
〒112-0015　東京都文京区目白台2-14-13
電話：03（5976）7011
FAX：03（3944）1228
http://www.alicekan.com/

印刷所 ── 株式会社マチダ印刷
製本所 ── 株式会社ハッコー製本

 ISBN978-4-7520-0337-3　NDC913　160P　20cm